www.tredition.de

Die Autorin Lele Frank wurde 1957 in Bad Kreuznach geboren, ist Bauingenieurin, und hat über 35 Jahre in dieser Branche gearbeitet. 2012 hat sie Beruf und Firma aus persönlichen Gründen aufgegeben, und wegen einer dramatischen Beziehung die Liebe zur Schriftstellerei entdeckt.

Mit ihrem ersten Buch „Tanz der Optimisten", welches eigentlich einen therapeutischen Zweck erfüllen sollte, hat sie sich zurück ins Leben geschrieben.

Sie lebt an der Ostsee und bezeichnet ihre jetzige Tätigkeit als:

„Das Leben genießen."

AF204375

„**Oktobermond**" ist aus zweierlei Gründen entstanden.

Erstens: nicht selten fällt auf, dass es Menschen gibt, die nach Beendigung ihres Arbeitslebens rein gar nichts mit sich selbst anfangen können, und dadurch schneller altern als ihnen lieb ist. Sie werden häufig mäkelig, nichts ist ihnen mehr recht, alles stellen sie infrage, gehen großzügig mit Kritik um, und glauben von sich selbst immer alles richtig gemacht zu haben. Selbstmitleid ziehen sie hinter sich her wie einen üppigen Brautschleier. Sie geben sich als Moralisten und sparen nicht mit Urteilen, über jeden, der ihnen in die Quere kommt. In diesem Buch treffen wir einen Pensionär, der ein pikantes Geheimnis mit sich herumträgt, und sich großzügig selbst vergibt. Entmachtet durch den Ruhestand, vergräbt er sich immer mehr in sich selbst, und zieht Bilanz. Vergeblich. Der Sinn des Lebens lässt sich einfach nicht auffinden. Zweitens: Unsere Justiz, scheint immer irgendwie, auf dem „rechten Auge" blind zu sein. Daran hat sich seit 1922 nicht viel geändert. Lasse Mocho - der Protagonist - hat ein Leben lang beim Amtsgericht gearbeitet. Abteilung „Betreuung." Ein heißes Eisen für diejenigen, die, in die Speichen dieser Räder fallen. Dieses Berufsleben hat seinen Charakter stark geprägt. Oder war er die Voraussetzung? Man weiß es nicht.

Lele Frank

„Oktobermond"

Lasse macht Platz.

© 2016   Lele Frank
Umschlag, Illustration: Lele Frank
Verlag: tredition GmbH, Hamburg

Paperback   ISBN   978-3-7345-1543-9
e-Book   ISBN   978-3-7345-1544-6

Printed in Germany

„Gesunde Kompromisse machen aus
Konflikten chronische Krankheiten."

Johann Wolfgang von Goethe

Der Anfang vom Ende...

Müde, schwerfällig und nachdenklich setzte Lasse seinen Fuß auf das regennasse Trottoir vor seinem Haus, um zur nahegelegenen Bushaltestelle zu laufen. Ihm war kalt, obwohl er doch gerade erst die Straße betreten hatte, und noch die Wärme des Hauses in sich trug. Ein unberechenbarer Sturm, hauchte ihm seinen launischen, zerrenden Atem ins Gesicht. Der Himmel, ganz tief über der Stadt, zeigte seine grauen Varianten, griff nach der Straße und versprach keine Besserung. Das Wetter hatte sich eingeregnet und beständig angegraut. Dunkelgrau, mit einem Hauch Violett. Mit jedem Schritt, das kurze Stückchen die steile Straße hinab, sank Lasses Zuversicht, und mit jedem Schritt stieg diese undefinierbare Sinnlosigkeit in ihm hoch, wie ein lästiges Sodbrennen. Ab Morgen wäre er seiner Wichtigkeit beraubt, und würde sich auf dem Abstellgleis der „Alten" befinden. Das Leben hatte kaum mehr Sinn für ihn. Ab Morgen nicht mehr. Ab heute war er schon ein Niemand, wollte man es genau betrachten. Verrentet, verurteilt, verstoßen, aussortiert, gebrandmarkt. Das Leben war nur ein Durchgang, eine Leihgabe von dem, an den viele mit Inbrunst zu gerne glaubten. Er nicht. Zumindest dann, wenn das Leben ihnen - den Menschen - eine Schieflage bescherte, glaubten sie mit Vehemenz, nur weil sie sich eine Linderung davon versprachen, die es so doch nicht geben würde. Dann funktionierte die Sache mit „dem Glauben" umso besser. Wie geschmiert, auf Abruf, je nach Bedarf. Lasse wusste schon in jungen Jahren nicht so recht, ob er an den Glauben glauben sollte, und hatte sich Zeit seines Lebens dagegen entschieden. „Glauben hieße nichts zu wissen", referierte er überheblich. So herrschte wenigstens Klarheit. Seine Götter hießen: „Selbst ist der Mann." Ordnung, Recht, Disziplin und Leistungsfähigkeit. Zuverlässigkeit und Kontinuität, das waren die Götter, für die er lebte. Sein Glauben galt den Gesetzen, die es strikt einzuhalten galt. So, hätte man noch eine Weile weiter aufzählen können. Die Liste war lang. Kurzum: Lasse war ein gesetzestreuer Spießer wie er im Buche stand. Durchgang und Leihgabe ja, daran glaubte er auch. Aber nicht von einem Gott, den sowieso noch nie jemand zu Gesicht bekommen hatte. Einer, der keine Antworten gab. Ein Leben nach dem Tod? Das war für Lasse ausgeschlossen, und landete in seiner geistigen Schublade der unmöglichen Unmöglichkeiten. Lasse war davon überzeugt, dass es sich um einen theologischen Trick handelte, mit dessen Verbreitung die Menschheit dazu angehalten werden sollte, ein haltbar anständiges Leben zu fristen, und keinen Ärger zu machen.

Schließlich musste man sich doch verantworten, wollte man Einlass ins dieses große Tor. Dieses letzte imaginäre Tor, das es zu durchschreiten galt, wenn man ein Plätzchen im Paradies ergattern wollte. Ein Trick. Mehr nicht. Religion war ein höchst geeignetes Instrument, um Furcht zu verbreiten. Einzuschüchtern, kleinzuhalten. Dieses Tor-, dieses Paradies existierte nur in den Köpfen seiner Artgenossen, dumm wie sie waren. Gegen seine Frau Matilda hatte er sich nie durchsetzen können. Beide Kinder, Sohn und Tochter, waren getauft worden. Der Leute wegen zahlte er die Kirchensteuer, nicht wegen eines Gottes aus dem Land des Unbeweisbaren, des Fabulösen, der von Menschen gemachten Religion. Der Leute wegen, seiner Arbeit wegen, seiner Reputation und Makellosigkeit wegen, und wegen des lieben Friedens zu Hause. Ein teurer Spaß, wen man bedenkt, dass man nichts davon hatte, außer eine vollgefressene Konfession mit fragwürdigem Personal zu füttern, die sich damit anschließend utopisch teure Residenzen baute, und dann auch noch die Frechheit besaßen, sich zu rechtfertigen. Darüber wollte Lasse jetzt nicht weiter nachdenken, sonst wäre der Tag nicht nur versaut, sondern auch noch ärgerlich obendrein. Ja. Ärgerlich.

Lasse zog, seinen behüteten Kopf noch ein wenig mehr in den aufgestellten Kragen seines sehr altmodischen Bekleidungsstückes, zu dem man - mit etwas gutem Willen - auch „Mantel" sagen konnte, und stapfte missmutig los. Sein ebenso altmodischer, grauer Hut drohte davonzufliegen, so sehr zerrte der Sturm an ihm herum. Lasse zog seinen alten, grauen Regeschirm ganz dicht an sich heran, sonst würde er sich noch davonmachen. Das reinste Akrobatenstück, den Schirm so fest an den Körper zu klemmen, dass der Wind nicht unter die Bespannung fassen konnte. In einer Hand den Schirm, in der anderen seine alte, abgenutzte Aktentasche aus braunem Leder. Um den Hut festzuhalten hatte er keine Hand mehr frei. Er drückte ihn mit dem Regenschirm sicher auf seinen Kopf. So ging es. So handhabe er es immer. So war er sicher vor den Händen des Windes. So war es gut.

An der Bushaltestelle, welche direkt vor der kleinen Bäckerei ihren Platz hatte, angekommen, traf Lasse auf eine Frau, die er nur vom Sehen aus der Nachbarschaft kannte. Nicht sehr nahe kannte man sich, es gab immer wieder Wechsel in diesem Haus all die Jahre, nur so viel eben, dass man sich grüßte wie es sich gehört. Sie stand da mit hochgezogenen Schultern, und verbarg die untere Gesichtshälfte hinter ihrem großen, dunkelgrauen Mantelkragen, der sich von der Farbe des Himmels kaum unterschied. Heute zeigte sich wirklich alles grau in grau. Sogar die Menschen. Lasse sagte ein halbherziges „guten Morgen. Ist das ein Wetter heute", und nickte dabei bestätigend mit seinem, zwischen- Hut, Regenschirm und Mantelkragen, eingeklemmten Kopf. Die Nachbarin warf ihm einen kurzen, toxischen Blick zu, und drehte ihm grußlos den Rücken zu. Lasse starrte erstaunt auf ihren schlanken Rücken. Mehr Missbilligung, so auf die Schnelle, konnte man kaum ausdrücken. Dass sie, seinen Gruß nicht gehört hatte, war sehr unwahrscheinlich, stand Lasse doch fast neben ihr. Gesehen hatte sie ihn selbstverständlich auch, sie hatte ihm doch in die Augen geblickt. Also daran konnte es nicht liegen. Ihr seltsames Verhalten war eine glatte, unübersehbare, provokante Beleidigung ihm gegenüber. Anders konnte am diese barsche Geste nicht verstehen. Der Tag war nun nicht nur versaut, sondern auch ärgerlich.

Verlegen drehte Lasse sich seinerseits ebenfalls um, so, dass sie nun, fast Rücken an Rücken standen. Weniger als einen Meter Abstand zwischen den beiden Körpern. Sein Blick ging ins Innere der kleinen Bäckerei. Lasse wollte sich vergewissern, dass niemand sonst den peinlichen Vorfall beobachtet hatte. Er durfte sich beruhigen. Niemand hatte es gesehen. Die Kunden waren mir ihrem Einkauf beschäftigt, oder unterhielten sich. Lasse atmete erleichtert aus. Trotz der eisigen Kälte wurde ihm von innen heraus glutheiß, begleitet von einer leichten Übelkeit. Ein Gefühl, dass ihm vollkommen neu war, so derart betroffen zu sein. Ein Gefühl, dass man nicht deklarieren konnte. Ein Gefühl, dass ein Anderer vielleicht als Scham bezeichnet hätte. Lasse hingegen attestierte sich selbst eine berechtigte Wut. Er ärgerte sich so sehr über sich selbst, dass ihm davon regelrecht übel wurde. Eine kurze Überlegung, zurückzulaufen und doch lieber das Auto zu nehmen, brachte ihn nicht weiter. Dafür war es nun zu spät. Der Bus würde jeden Augenblick vorfahren, und die schutz-suchenden Menschen in seinem Inneren verschlingen. Unpünktlich wollte Lasse auch nicht sein. Nicht am letzten Tag. Nicht an diesem Tag.

Einen Gruß hatte man ihm verwehrt. Unglaublich, wie sehr ihn das aus der Fassung brachte. So, zur Freundlichkeit angehalten-, war er erzogen worden in seinem konservativen Elternhaus, dass man gesellschaftliche Anstandsregeln zelebrierte. Wenigstens im Ansatz, wenn auch nicht vollendet. Gerade der Gruß war doch in der unmittelbaren Nachbarschaft ein Minimum an erforderlichem Respekt, an erforderlicher Höflichkeit, die man nicht so einfach ignorieren konnte, durfte, sollte. Was dachte diese Frau sich dabei, als sie ihm die kalte Schulter zeigte? Und dann auch noch derart offensichtlich und in aller Öffentlichkeit. Geradezu provozierend. Wütend betrachtete Lasse die tanzenden Regentropfen, wie sie auf dem Asphalt ihr geübtes Ballett vollführten, und hasste jeden einzelnen von ihnen. Gut, dass die restlichen-, auf den Bus wartenden Menschen, zum größten Teil aus Schulkindern bestanden, die sich, in ihrem eigenen Universum kreisend, über junge Belanglosigkeiten unterhielten, noch unbeleckt vom Leben, dass auf sie wartete, wenn sie eines Tages das schützende Schulgebäude verlassen mussten. Hätte jemand anderer diese Geste bewusst registriert, wäre die Situation an Peinlichkeit kaum zu überbieten gewesen, ging es ihm wieder und wieder durch den behüteten Kopf. Lasse stieß es abermals sauer auf. Sein Magen rebellierte und bemängelte das lieblos eingenommene Frühstück.

Immer das gleiche Frühstück, immer exakt um die gleiche Zeit, auf die Minute genau, immer der gleiche Teller, die gleiche Tasse. Nur das Besteck-das konnte er nicht identifizieren, und vermutlich wechselte es tagtäglich. Zumindest dieses Ritual würde sich ab morgen schlagartig ändern. Ab Morgen hätte er alle Zeit der Welt, um-, wenn er es wollte, bis zum Mittag zu frühstücken, und stundenlang zu kauen, ohne dabei auf die Uhr sehen zu müssen. Ab Morgen könnte er zum Wiederkäuer werden, und keine Menschenseele würde das noch interessieren. Außer vielleicht Matilda - seine

13

Frau. Sie würde schon eine Gelegenheit finden um an ihm herumzumeckern. Matilda die Kluge. Matilda sein treues Dienstpferd. Matilda, deren Magen er mit seiner anständigen Arbeit, all die Jahre gefüllt hatte. Ihren Magen, und den der Kinder. Danklos hatten sie alle sein Konto leergefressen, ohne nachzufragen, ob ihnen das überhaupt zustand, oder mit welcher Berechtigung sie sich derartige Privilegien verdient hatten. Das Dach über dem Kopf, das Bett in dem sie schliefen, das Essen dass sie verzehrten, die Kleider die sie trugen, die Urlaube, die Heizölrechnung, überhaupt alles was sie am Leben hielt. Alles das, hatte er all die Jahre über anstandslos bezahlt, ohne dabei an sich zu denken. Lasse versäumte nicht sein Glück zu loben, dass es damals-, als die Kinder noch auf seine Versorgung angewiesen waren, noch keine Smartphones und derartigen, technischen Schnickschnack gab, der nicht nur kostspielig war, sondern auch zur Verblödung der Synapsen beitrug. Davon abgesehen, war diese exzessive Nutzung auch noch schlecht für die Augen, die Sinne und die Nackenmuskulatur. Die Zeit, als damals im Amt die Computer Einzug hielten, würde er im Leben nicht mehr vergessen. Damals spürte er zum ersten Mal in seinem Leben, greifbare Angst zu versagen, und den Anschluss zu verlieren. Und was ihn selbst betraf - in all dem großflächig verbreiteten Konsumterror - sein Hobby; über all die Jahre blieb er ihm treu, seinem großen Aquarium mit den Malawi-Barschen. Brachte es doch schließlich jedem in der Familie Freude. Nicht nur er selbst konnte stundenlang vor der erleuchteten Glasscheibe davorsitzen und den fleißigen Maulbrütern bei ihrer Arbeit zusehen, auch seine Tochter und sein Sohn - das verpfuschte Kind - als sie noch zu Hause lebten, saßen oft vor der großen Scheibe, und drückten sich die Nasen platt um nichts zu verpassen, wenn die Mütter ihre Fischkinder für einen Augenblick aus ihren Mündern entließen, um sie anschließend wieder einzusaugen, und sie vor den gefräßigen Vätern zu beschützen. Was die Kosten betraf, waren außer einem neuen Fisch, den es als Ersatz anzuschaffen galt, wenn einer von ihnen das Zeitliche gesegnet hatte und mit dem Bauch nach oben an der Oberfläche trieb, oder einem Ersatzteil für den Rieselfilter, eine neue Blaulichtröhre hier, und da eine neue Pflanze für die abgestorbene als Ersatz, und das Futter für den Besatz, keine großen Summen aufzubringen. Matilda hatte er verheimlicht dass er die Nachzucht abfischte, separierte und zur Zoohandlung brachte. Lasse hatte ihr erzählt, dass er sie einem Kollegen schenkte, was aber nicht stimmte. Sie interessierte sich viel zu wenig für seine Leidenschaft, als dass sie seine Aussage auf den Wahrheitsgehalt überprüft hätte. Zwar gab es keine großen Geldbeträge für die kleinen Barsche, aber die Summe machte hier den Kohl fett. Über dreißig Jahre lang hatte Lasse diese kleinen Beträge seiner Frau unterschlagen. Erst als der Euro - diese unselige Währung - eingeführt wurde, und er den angesammelten Betrag umtauschen musste, der stets unbeachtet im Kellerregal sein Dasein fristete, erst da bemerkte Lasse, dass ein ganz hübsches Sümmchen zusammengekommen war. Umgetauscht in Geldscheine, ließen sie sich deutlich besser verbergen als das ganze Klimpergeld, all die vielen Jahre. Von da an konzentrierte er sein Hobby auf die Nachzucht. Die Anschaffung weiterer Zuchtbecken hatte sich gelohnt. Mittlerweile waren es neun Stück. Zwei kleinere- und sieben größere Aquarien standen auf drei stabilen Holzregalen, sauber nebeneinander aufgereiht. Und solange sie im Keller standen, hatte Matilda auch keine Einwände. Sie maulte höchstens über den Stromverbrauch und muffigen Geruch, der in diesem – seinem - Raum herrschte. Weiter sagte sie nichts dazu, und Lasse konnte sich des Eindrucks nicht erwehren, dass Matilda eigentlich froh darüber war, wenn er so viele Stunden im Keller zubrachte, und sie, oben im Haus, ihre Ruhe hatte. Zu reden gab es ohnehin nicht viel - nicht nach mehr als fünfunddreißig Jahren Ehe. Nach all dieser abgeschliffenen, grauen Gewohnheit und Konvention. Was sollte man sich auch dauernd erzählen, wenn man alles voneinander wusste und berechnen konnte. Was?

Der Bus kam, und hielt mit seinem typischen Seufzer vor den Wartenden an. Die Nachbarin stand so dicht an der aufgleitenden Tür des Ungetüms, dass sie eigentlich nur noch den Fuß anzuheben brauchte, um einzusteigen. Sie zögerte einen Moment, trat zurück, und ließ den anderen Fahrgästen-, auch ihm den Vortritt. Lasse wagte sich nicht den Blick zu heben, und ging wortlos, blicklos an ihr vorbei um einzusteigen. Er verstand ihre Entscheidung nicht, *nicht* einzusteigen, machte sich regelrecht Gedanken darüber, was seine Übelkeit nur noch mehr verstärkte. Sein Magen fühlte sich an, als hätte er einen heißen Backstein verschlungen. Verärgert über sich selbst, entschied er: „Was geht es mich an? Nichts!" Mit einem stillen Kopfnicken begrüßte er den Busfahrer, und hielt mit gesenktem Kopf Ausschau nach einem freien Platz. Die Wärme umschloss seine alten Knochen mit gütiger Einsicht, und machte den klammen Geruch nach feuchter Bekleidung allemal wett. Im hinteren Teil des Busses waren zwei Sitze nebeneinander frei. Lasse steuerte zielbewusst darauf zu, und nahm umständlich Platz. Von hier aus-, so ganz weit hinten, hatte Lasse einen guten Blick

17

Über die Fahrgäste. Zu seiner Überraschung bestieg die unhöfliche Nachbarin nun doch den Bus. Seine Hoffnung, sie hätte es sich anders überlegt, erfüllte sich nicht. Sie zögerte einen Moment, so als studiere sie die Anwesenden. Ihr Blick ging suchend in seine Richtung. Schnell hatte sie ihn ausgemacht, und starrte ihn an. Reflexartig zog sich ihre Stirn in Falten, ihr Blick verdunkelte sich Zusehens. Der Kragen ihres dunkelgrauen Wollmantels war nach unten gekippt, und gab jetzt ihr ganzes Gesicht frei. Ein schönes Gesicht. Schmal und apart, aber abweisend. Lasse konnte sich keinen Reim darauf machen, was mit ihr los sein könnte, was sie gegen ihn hatte, dass sie ihre Abscheu so unverkennbar vor sich hertrug wie ein aufgeschlagenes Buch. Vier Sitzplätze waren noch frei. Drei davon im vorderen Bereich - vor dem mittleren Ausgang, neben lärmenden Kindern und ein paar wenigen Erwachsenen, die sich die Anschaffung eines Autos nicht leisten konnten, ein freier Platz direkt neben Lasse, gut sichtbar, offensichtlich, und nicht zu übersehen. Ihre Entscheidung schien schnell getroffen, denn sie steuerte zielsicher auf die Mitte des langen Fahrgastraumes zu, und stellte sich auf die freie Fläche, gegenüber der pneumatischen Doppeltür. Sie griff mit einer Hand nach der Haltestange um ihren Stand zu sichern, und drehte Lasse erneut den Rücken zu. Er konnte gut beobachten wie sie eine andere Frau begrüßte. Ob sie lächelte konnte er nur ahnen, denn die andere Frau tat es. Seine verkrampften Bemühungen diesen Vorfall zu ignorieren, gelangen ihm nicht. Es wurmte ihn, nicht zu wissen, warum sie sich so verhielt. Unentwegt schoss er wütende Blicke in ihren Rücken ab, und sinnierte darüber, dass es sicherlich an seiner Frau liegen musste, die sich vermutlich mit der Nachbarin erzürnt-, und ihm nichts davon berichtet hatte. Womöglich ein lächerliches Missverständnis unter Frauen. Nicht der Rede wert. Trotzdem. Schließlich waren sie fast Nachbarn, und er hätte zu gerne gewusst was es mit diesem Theater-, diesem abweisenden Verhalten, auf sich hatte. Heute Nachmittag würde er Matilda zur Rede stellen. So, wollte Lasse die Sache nicht auf sich sitzen lassen. So nicht.

Fünf Haltestellen später – kurz vor Lasses Ziel und letztem Arbeitstag, der eigentlich gar kein richtiger Arbeitstag mehr war, sondern eher ein Übergabetag, ein Verabschiedungstag, hoffentlich ohne großes Tamtam – hielt der Bus an, um drei neue Fahrgäste aufzunehmen. Zwei ältere Frauen und ein schlampig wirkender Junge im rebellischen Alter, der auf sein Display starrte. Für gewöhnlich passierte hier an diesem Haltepunkt nicht sonderlich viel. Aussteigen wollte um diese frühe Stunde hier niemand. Erst an der nächsten

Haltestelle wäre der Teufel los, weil dort alle Kinder ausstiegen, und jeder von ihnen der Erste sein wollte, gerade so, als ginge diese Brut mit Freude zur Schule. Doch jetzt setzte sich die unhöfliche Nachbarin in Bewegung, und steuerte auf die Tür zu um auszusteigen. Lasse verfolgte sie mit den Augen. Jeden Schritt, jede Bewegung, erleichtert darüber, dass sie sich immer weiter von ihm entfernte. Sie ging auf eine Frau zu, die offensichtlich an der Haltestelle auf sie zu warten schien. Sie lächelte ihr erwartungsvoll entgegen, und breitete ungeduldig die Arme aus, um ihr ihre Freude mitzuteilen. Die Nachbarin blieb dicht vor ihr stehen, umarmte sie Wartende kurz, und tausche mit ihr offenbar ein paar Worte aus, woraufhin die Wartende einen langen Hals machte und suchend in seine – Lasses - Richtung blickte. Lasse erkannte dieses Gesicht sofort wieder, und versuchte auf seinem Sitz zu schrumpfen, ging schützend in Deckung, so, als gelte es sich vor dem Feind zu verbergen. Jetzt war Lasse auch klar warum die Nachbarin so schroff zu ihm war. Sie schien die Freundin- oder eine Verwandte der wartenden Frau zu sein.

Lasses letzter Fall. Nicht nur sein letzter Fall, sondern „*der* letzte Fall." Das Allerletzte, um etwas präziser zu werden. Diese freche Frauensperson, die von dort draußen zu ihm hineinschielte, war die Tochter eines sehr alten, betagten Ehepaares, das er noch gerne vor seiner Verrentung zur Ader gelassen hätte. Sie hatte ihm seinen Beutefeldzug ordentlich versaut. Nichts war daraus geworden, nichts als eine peinliche, ärgerliche Akte, die es abzulegen galt. Sie hatte es geschafft, dass der Richter einen Beschluss zur Aufhebung der Betreuung aussprechen musste. „Eine Betreuungsanordnung gegen den Willen der Betroffenen, sei nicht angezeigt", hieß es dort. Schwarz auf Weiß. Eine Niederlage für Lasse. Eine erbärmliche Niederlage. Dabei hatte alles so gut angefangen. So gut. Zu gut. Geradezu auf dem Silbertablett hatte eine übertüchtige Nachbarin der beiden „Alten" diesen Fall ins Gerichtsgebäude getragen. Vor lauter Übereifer- unter dem Deckmantel der Fürsorge, hatte diese laute Nachbarin ihm berichtet, dass dieses Ehepaar alleine lebte, weil die Tochter weiter weg wohnen würde, und sich einen Teufel um das Wohlergehen der Eltern scheren würde. Nichts würde sie tun, diese arrogante Tochter. Nicht einmal im Krankenhaus wäre sie zu Besuch gewesen. Nicht einmal das. Zustände seien das. So etwas könne man nicht dulden. Sie – diese laute Nachbarin – sei die Einzige die sich kümmere, und das ginge so nicht weiter. So nicht. Eile sei geboten. Auf der Stelle. Lasse ließ sich das nicht zweimal sagen. Diese bösen Worte – zur Bekräftigung der

Missstände erhielt er sie noch schriftlich – waren wie zuckersüßes Karamell auf seiner gierigen Zunge. Ohne einen weiteren Gedanken zu verschwenden, setzte er die Maschinerie des Gerichtes in Gang. Was zu tun war, konnte Lasse im Schlaf. in- und auswendig. Ein wundervoller Fall. Geradezu bestens geeignet um sich zu verabschieden, und seine Tüchtigkeit mit Nachdruck - für alle Kollegen und seine Vorgesetzten gut sichtbar - zu hinterlassen. Seine übrigen Kollegen konnten sich eine beispielhafte Scheibe von ihm abschneiden. Gleich „Zwei auf einen Streich", die üppige, überzogene Betreuungsgebühren in die Landeskasse spülen würden. Das Schicksal meinte es gut mit ihm. Was für ein Abgang.

Mehr als dreißig Jahre saß Lasse auf diesem Stuhl und hatte sein Bestes gegeben. Amtsgericht. Das war schon was. Damit konnte man sich erwähnen, auch wenn man kein Abitur hatte. Dafür musste man geschaffen sein. Weiche Herzen waren hier, in diesem stolzen Haus, ohne Aussicht auf Erfolg, schnell verbrannt. Mit militärischer Disziplin galt es hier dem Gesetz zu dienen, und dafür zu sorgen, das Geld in die Haushaltskassen des Landes hineingespült wurde. Wie ein Hund hatte Lasse gelitten, als man den Begriff „Vormundschaftsgericht" abgeschafft hatte. „Betreuung", hieß es jetzt. Ohne einen Hauch von Autorität. Einfach nur noch „Betreuung." Gerade so, als gäbe es etwas zu betreuen, wo es doch tatsächlich immer in einer Bevormundung endete. Einer Betreuung, aus der man nicht so schnell wieder herauskam, zappelte man erst einmal am ausgeworfenen Haken. Wer hier seine Unterschrift auf ein Dokument setzen musste, für denjenigen hatte es sich mit der Freiheit. Für denjenigen hatte es sich mit der gewohnten, freien Entscheidung. Ein- für allemal. Klappe zu, Affe tot. Ganz einfach. Ein paar verwirrende, amtliche Schreiben, zwei verschiedene Sachbearbeiter für ein einziges Ehepaar, fast identische Aktenzeichen und schon hatte man eine wundervolle Verwirrung gestiftet. Die Erwähnung einiger Paragraphen machte immer Eindruck, und war zur Einschüchterung bestens geeignet. Außerdem legitim. Unrecht geschah hier nicht, höchstens ein wenig unverständlicher Nachdruck, verfasst in himmelsschreiendem Beamtendeutsch, gespickt mit zahlreichen Paragraphen und Anordnungen. Je mehr, je besser. Dies alles geschah doch nur zum Besten der Betroffenen. Zu ihrem-, und dem Schutz ihres Vermögens, damit es nicht in falsche Hände geriet. Dort wo es etwas zu holen gab, standen reihenweise Erben, unseriöse Pflegedienste, oder übereifrige Nachbarn in der Tür, und boten ihre Hilfe an. Die reinste Seuche.

Lasse hatte sich also nicht lange bitten lassen,

und sofort seinen Kettenhund mobilisiert, der sich auf den Weg gemacht hatte, sein medizinisches Sachverständigen-Gutachten gekonnt zu verfassen, um dem hochbetagten Ehepaar seine Lebensunfähigkeit zu bescheinigen. Wenn jemand gerade erst aus dem Krankenhaus entlassen worden war-, noch etwas wacklig auf den alten, krummen Beinen, angestrengt den Rollator umfassend durch den kleinen Rest ihres Lebens rollend, standen die Aussichten auf ein niederschmetterndes Gutachten immer noch am allerbesten. Man musste die Gelegenheit nutzen. Keine Zeit verlieren. Ob berechtigte Aussicht auf Besserung bestand, interessierte zu diesem Zeitpunkt keine Laus. Das „Jetzt" war ausschlaggebend und gewinnbringend. Wer sollte in die Zukunft blicken können? Kein Mensch, kein Mediziner, kein Sachverständiger. Erst recht keiner, der selbstlos, dem Amtsgericht als Handlanger diente. Er – der ärztliche Sachverständige - hatte schließlich eine ganze Menge zu verlieren, wenn man sich von ihm abwenden würde. Eine Hand wäscht die andere.

Alles lief wie am Schnürchen. Die laute, selbstlose Nachbarin, hatte Lasse mit weiteren, delikaten Informationen versorgt, der Gutachter seinerseits mit dem nötigen, niederschmetternden, sachverständigen Gutachten. Und dann geschah es. Das, womit niemand rechnen konnte. Plötzlich flatterte dem emsigen Sachbearbeiter Lasse Mocho, ein Schreiben von dieser abwesenden Tochter auf den überfüllten Schreibtisch, und verdarb ihm, seinen wunderschönen Tag, der doch so gut angefangen hatte. Genau diese Frau, die jetzt dort draußen im Regen an der Bushaltestelle stand, und einen Blick auf seine Person zu erhaschen versuchte, sie ließ ihn wissen, dass man keineswegs mit dieser Vorgehensweise einverstanden sei, und weder eine Betreuung ihrer Eltern-, noch ein Einblick in deren wirtschaftlichen Verhältnisse erforderlich sei, den sie sowieso niemals zulassen würde. Es solle sich niemand wagen weitere Schritte zu unternehmen, denn dann liefe sie zur Höchstform auf. Solche Drohungen waren Lasse während seiner Dienstzeit etliche untergekommen, und beeindruckten ihn nur wenig. Er saß immer am längeren Ende des Hebels. So schnell ließ Lasse sich nicht ins Box Horn jagen. Nicht Lasse, der alte Hase im Geschäft mit der Bevormundung. Also verfasste er ein Schreiben, und schoss zurück. Gespickt mit Begründungen, Argumenten, Bezeugungen und Paragraphen. Reine Routine. Er war damals so stolz auf sein Werk. Und dann…

Zunächst war eine Weile nichts geschehen. Lasse glaubte den Sieg schon in der Tasche, und auf dem Konto der Landeskasse. Doch eines Tages ging die Tür von seinem Büro auf, und diese freche Frauensperson, baute sich vor seinem Schreibtisch auf, wie eine keifende, hungrige Hyäne. Auch das war für Lasse keine Neuigkeit. Er hatte da schon Sachen erlebt, er könnte glatt ein Buch darüber schreiben, wenn plötzlich nie erwähnte oder weit weg wohnende Kinder auftauchten, die um ihr Erbe fürchteten. Die alten Leutchen- oder diejenigen die etwas deppert waren, sie bekamen ohnehin nichts mehr richtig mit-, verstanden kein Wort, sahen schlecht, und waren spielendleicht einzukassieren. In diesen Generationen fand man wenigstens noch die große Furcht vor Amtspersonen, Titeln und weißen Kitteln. Mit der unseligen Nachkommenschaft sah es schon ganz anders aus. Sie waren aufsässig, furchtlos, frech und unverschämt. Oder, wie in diesem Fall: Gewaltbereit. Sie ließen sich längst nicht alles bieten, gingen dagegen vor und setzten sich zur Wehr. Kam man alleine nicht zurande, und hatte die entsprechenden Geldmittel, gaben sie die Akte in die Hände eines Winkeladvokaten, mit dem man sich dann herumschlagen musste. Hinzu kam noch eine äußerst unangenehme Begleiterscheinung: In den letzten Jahren war es regelrecht eingerissen, dass man ärgerliche Fälle der Öffentlichkeit zugänglich machte, und man sich diskreditieren lassen musste. Das Internet stellte sich hierbei ebenso als Pest heraus, wie die privaten Fernsehsender als Seuche.

Lasse hatte auch so einen Fall, der, ihn um ein Haar seinen Posten hätte kosten können. Er hing ihm lange in den Knochen, und vermieste ihm das ohnehin bescheidene Leben. Damals stellte der amtierende Gerichtsdirektor sich schützend vor seinen Sachbearbeiter Lasse Mocho. Aber nur, weil er um den guten Ruf dieser Institution fürchtete. Natürlich auch um seinen eigenen. Ohne diese weiße Fassade zu beschädigen, hätte er Lasse nicht opfern können. Also rechtfertigte er vor der Presse dessen Vorgehensweise. Nur knapp schrammten sie an einem weittragenden Skandal vorbei. Ganz knapp. Das war gerade nochmal gut gegangen. Mit der Zeit wuchs Gras über die unberechtigte Zwangseinweisung in eine Psychiatrieklinik.

Da stand sie also, diese Frau, die jetzt dort draußen im Regen einen langen Hals machte, um einen Blick auf ihn zu werfen. Lasse erinnerte sich nur zu gut daran, wie sie drohend, unangemeldet vor seinem Schreibtisch aufgetaucht war. Durch die offene Bürotür, konnte er damals noch eine zweite Person erblicken. Die Nachbarin- erinnerte er sich. Die Nachbarin, die ihm heute so unverhohlen die kalte Schulter gezeigt hatte, und die jetzt dort draußen – mit verschwörerischem Blick - von seiner Anwesenheit in diesem Bus berichtete. Er erinnerte sich ganz genau. Um die urplötzlich aufgetauchte Tochter, möglichst schnell wieder abzu-

wimmeln, hatte Lasse seinen alten Trick ange-
wandt, und sie keinen einzigen Satz aussprechen
lassen. Immer wieder war er ihr ins Wort gefallen,
um sie aus dem Konzept zu bringen. Eigentlich
funktionierte das immer. Kaum jemand, der nicht
den Faden verlor, wenn er dauernd unterbrochen
wurde. Aber so etwas Hartnäckiges, wie diese Person dort draußen, war ihm noch nie untergekommen. Keinen einzigen Treffer konnte er landen. Sie
ließ sich partout nicht verunsichern. Als letztes,
wirkungsvolles Mittel, das ihm zur Verfügung
stand, hatte er sie des Hauses verwiesen, damit
aber, ihren Zorn nur noch weiter angestachelt. Sie
ließe sich nicht hinauswerfen, hatte sie mit zu ru-
higer, leiser werdender Stimme gesagt. Nicht von
ihm- dem kleinen unhöflichen Sachbearbeiterchen.
Nicht von ihm, der doch seine Brötchen mit Steu-
ergeldern bezahlen würde, aus dem seine Bezüge
bestehen würden. Nicht von ihm, dem kleinen,
hässlichen Flegel, der keinerlei Benehmen hätte,
nicht mal im Ansatz. Das war dann Zuviel. Das
musste er sich nicht sagen lassen. Das Fass war
voll. Lasse musste zum Äußersten gehen, um diese
Person endlich wieder loszuwerden. Unbeeindruckt von diesem Ausbruch, der jeden Augenblick aus dem Ruder laufen konnte, beugte er sich
wichtig über seine Akten, und ignorierte sie so
lange, bis es ihr zu dumm geworden war, und sie

von selbst das Weite suchte. Das Knallen der Tür war ausgeblieben, sie ließ sie einfach sperrangelweit offen stehen, und ging hinaus zu der anderen Frau. Der Nachbarin. Was folgte, war ein paar Tage später, ein weiterer Brief, der deutlich an Schärfe zugenommen hatte, und ein Dokument mit der Unterschrift ihrer Eltern, dass man eine Betreuung nicht wünschte, und diesen eingeleiteten Vorgang sofort zu stoppen habe. Lasse hatte verloren. Die Akte musste zwangsläufig dem zuständigen Richter überstellt werden, der dann, mit seinem gefassten Beschluss, anschließend Lasses Niederlage bestätigte. Der beschlossene Beschluss war tatsächlich aufgehoben-, der Vorgang angeschlossen worden. Ende. Akte zu, und ab damit zur Ablage, und in die Vergessenheit des Archivs. Aus einem hübschen, finalen Ende, passend zur Verabschiedungsfeier, war leider nichts geworden. Lasse hatte nur noch einen Wunsch: Dieser Person, wollte er nie wieder im Leben begegnen. Nicht dieser Frau, die dort draußen - unbeeindruckt vom Regen - neben seiner unhöflichen Nachbarin stand.

Endlich fuhr der Bus wieder an, und entfernte sich von den beiden langhalsigen Frauen, die immer noch an derselben Stelle verharrten, und durchs Fenster gafften. Augen wie Schießgewehre auf ihn gerichtet, jederzeit bereit ihn zu vernichten.

Kaum zwei Häuserblocks, vor der Außenstelle

Gerichtes, befand sich die Bushaltestelle, an der Lasse aussteigen musste. In Gedanken versunken bemerkte er nicht einmal dass er schon am Ziel war, und hätte um ein Haar den Ausstieg verpasst. So etwas Dummes war ihm in all den Jahrzehnten nicht ein einziges Mal passiert. Auf dem letzten Stückchen seiner Fahrt-, nach dieser unseligen Begegnung mit dieser eigentlich weit weg wohnenden Tochter, zum letzten Tag im Amt – ab Morgen wäre er zur Nutzlosigkeit verdammt - hatte Lasse seine Stirn fest an das kühlende Seitenfenster gepresst, um wieder einen klaren Gedanken zu fassen. Er schwitzte, und die Kälte der Fensterscheibe tat ihm gut. Sein grauer Altherrenhut, den er in kühlen Jahreszeiten für gewöhnlich nicht abnahm, lag zum ersten Mal auf seinen Knien. Mit der rechten Hand hinderte er ihn daran auf den schmutzigen Boden zu rutschen. Noch nie zuvor hatte er ihn abgenommen, diesen Hut. Noch nie. Nicht eher, bis er seinen altmodischen Mantel an seine altmodische Garderobe aufgehängt hatte. Ob im Amt oder zu Hause-, das änderte nichts an seinen festen Gewohnheiten. Und jetzt diese Blöße…

Draußen, auf der regennassen Straße, rauschten mit eingeschalteten Scheinwerfern die Autos vorbei und kämpften mit hektischem Scheibensicher gegen den unablässigen Regen und die Gischt-, die von anderen Fahrzeugen aufgewühlt, die Sicht stark beeinträchtigte. Es goss seit gestern wie aus Eimern. Richtiges Abschiedswetter, bestens geeignet um den heutigen Tag eine gewisse Dramatik zu verleihen. Lasses Blick ging unbewegt ins Leere. Wer ihn beobachte, hätte glauben können, dass ihn die Schwermut drückte. In seinem Kopf-, vor seinen Augen, tanzten Worte wild umher, wie ein Derwisch um den Dorfbrunnen beim Erntedankfest. „Rechtsmittelbelehrung, Beschluss, Urteil, Gutachten, Festsetzung, §§528, 529 BGB, Abgewiesen, Einspruch, Justizbeschäftigter, Vertretung, § 38 Abs. 3 Satz 3 Familiengericht, Siegel, Urkundenrolle, Anordnung…" Worte, Worte, Worte, die ihn umkreisten, und sich ständig in Tempo-, Form und Größe veränderten, so, als wollten sie ihn necken. Bunt waren sie nicht, diese lästigen, schnellen Wortfetzen, die ihn ganz schwindelig machten. Eher schwarz bis dunkelgrau. Bis auf eine Ausnahme: Hell und leuchtend zwängte sich ein ganz bestimmtes Wort dazwischen, schillerte in allen Farben, und ulkte mit wildem Herumgehopse, hielt ihn zum Narren und machte ihm Angst. „Ermessensspielraum." Dieses *Unwort* der Gnade hob sich von all den anderen Worten deutlich und frech ab. Lasses Lunge begann sich zusammenzuziehen, seine schmale Brust wurde ganz eng und verursachte ihm ein Gefühl, so, als würde er jeden Augenblick in Kortisol ertrinken. Sein Herz tat ihm weh. Schweißtropfen sammelten sich auf seiner weißen, faltigen Beamtenstirn, und beschlugen seine Brillengläser. Keiner der noch verbliebenen Fahrgäste schenkte Lasse seine Aufmerksamkeit. Sein unsichtbarer – Lasse war eher spärlich von Statur - Anblick war allen vertraut, fuhr er doch nur selten mit dem Auto ins Amt, weil seine Frau den Wagen brauchte um Besorgungen zu machen. Niemand der Anwesenden konnte ahnen, was für einen schmerzlich bewegenden Kampf, Lasse innerlich mit sich ausfocht. Er fuhr, mit jedem weiteren Meter den er sich seinem Ziel genähert hatte, seiner künftigen Unbrauchbarkeit entgegen, hinein in ein unwürdiges, unbedeutendes Leben. Einem Leben mit noch mehr Zeit, die ihm zum Vertreiben zur Verfügung stehen würde. Zeit, mit der er - außer der Betreuung seiner geliebten Malawi-Barsche - nicht sonderlich viel Sinnvolles anfangen konnte. Freie Zeit ist für all Jene ungeeignet, die, wenn man ihnen den Beruf entzog, nackt und ratlos dastanden.

Einmal hatte Lasse ein Gespräch belauscht, in dem eine Kollegin mit einer anderen Kollegin getuschelt hatte, und ihn – Lasse - als soziophoben Workaholic bezeichnete. Vermutlich hätte diese Mutmaßung bei jedem anderen dazu ausgereicht, eine derartige Polemik zu ahnden und ins Gericht zu nehmen. Nicht so Lasse. Er dachte eine Weile darüber nach, und befand, dass diese Aussage eigentlich ein großes Kompliment für ihn gewesen sei. Nichts anderes als seine Tüchtigkeit und seine Diskretion wurde ihm bestätigt. So beließ er es dabei, und stellte besagte Kollegin nicht zur Rede. Was Lasse als Diskretion und einzig wahren, erfolgreichen, funktionierenden Stil für sich erfühlte, war jedoch nichts weiter als eine ausgeprägte, introvertierte Schmallippigkeit, die bei den Kollegen überhaupt nicht gut ankam. Man mied ihn so gut es sich eben einrichten ließ. „Guten Tag- oder Morgen, schönen Feierabend, angenehmes Wochenende, schlechtes Wetter heute", und ein nicht ernstzunehmendes „Guten Appetit" in der Kantine, wenn man das Pech hatte neben ihm sitzen zu müssen. Darüber hinaus gab es keine persönlichen Worte gar privater Natur. Nichts dergleichen, was zu einem lockeren Arbeitsklima beigetragen hätte. Nichts, was seine instabile Autorität hätte gefährden können. Aus diesem Anlass heraus, gab man damals, allzu gerne - nach dem Umzug in dieses Haus - Lasse, das eigentlich sehr begehrte Einzelbüro, in dem er ganz alleine residierte, stets bemüht keine Fehler zu machen, und jedem ein Vorbild der Verlässlichkeit zu sein, all die vielen Jahre lang. Dass er dabei langsam vor sich hin trocknete, wäre ihm nie in den Sinn gekommen.

Gestern, war Lasse bereits mit seinem Auto ins

Amt gefahren, und hatte seine wenigen Habselig-
keiten aus seinem Schreibtisch ausgeräumt. Viel
war es nicht. Ein paar Bücher, in die er gerne während der Frühstückspause einen Blick warf, meis-
tens Fachbücher über die neuesten Erkenntnisse
von gelehrten Ichthyologen, oder Bücher über raf-
finiertes Equipment für sein ausgefallenes Hobby,
eine Strickjacke, die sicher schon an die zwanzig
Jahre auf dem Buckel hatte, ein Ersatzhemd, für
den Fall dass er einmal unachtsam wäre, wenn es
Nudeln mit Soße in der Kantine gab, einen zweiten
Regenschirm, falls dieser ihm hier gestohlen würde, eine Präzisionsuhr, die sich von alleine an die
Umstellung von Sommer- und Winterzeit erinnerte, und eine Verspätung nahezu ausschloss, ein
Messer zum Äpfel schälen, die ihm seine Frau immer zum Frühstücksbrot dazulegte, einen elektrischen Rasierapparat, für den Fall, dass er bei der
Amtsleiterin vorstellig werden müsste, und somit
in der Lage war, immer einen gepflegten-, von
Natur aus unscheinbaren Eindruck zu hinterlassen, sowie einen vergilbten Sprudelautomaten, der
Leitungswasser mit Kohlensäure versetzte, und
ihm die Schlepperei von unsinnigen, schwerge-
wichtigen Flaschen ersparte. Im Flur zur Kantine
stand zwar ein gut bestückter Getränkeautomat,
doch bedachte man all die vielen Jahre seiner Tätigkeit, hatte Lasse einige Cents eingespart die er

anderweitig besser nutzen konnte. Viel war es nicht was er da an Vermögen zusammengerafft hatte, wenn man berücksichtigte, wie viele Jahre lang er hier tagsüber gelebt hatte. Die letzte Rate für den Hauskredit, war erst vor zwei Jahren seinem Konto belastet worden. Matilda hatte zu diesem Anlass eine teure Flasche Champagner eingekauft. Geld, das ihn heute noch wurmte, zumal er keinen Unterschied zu herkömmlichem Sekt festgestellt hatte. In seinem geliebten Einzelbüro standen auch keine privates Bilder-, keine absurden Blumentöpfe oder sonstiger Nippes, wie die Kolleginnen sie gerne aufstellten. Sein Büro machte auf jeden, der diesen Raum betrat, einen absolut sachlichen Eindruck, und lenkte nicht durch irgendwelchen Schnörkel von der Wichtigkeit seiner Anwesenheit ab. Trotzdem hatte Lasse zweimal zum Auto laufen müssen, bis der ganze Plunder dort verstaut war. Der reinste Spießrutenlauf. Begegnete er jemandem auf dem Flur- oder auf dem Parkplatz draußen, wurde er betrachtet wie ein Eindringling. Eine Bemerkung zu äußern wagte keiner der lästigen Gaffer. Dafür genoss er - all die vielen Jahre - zu viel Respekt, dachte Lasse irrtümlicher Weise. Lasse hatte absichtlich so lange mit dieser Aktion des Ausräumens gewartet, bis er sich sicher glaubte, dass kaum noch jemand im Hause sei. Er war der Meinung, dass er derjenige gewesen sei, der immer am längsten gearbeitet hätte. Normalerweise war Punkt 16.00 Uhr niemand mehr da, und er achtete immer peinlichst genau darauf, die große Tür, niemals vor 16.10 Uhr hinter sich zuzuziehen. Freilich konnte er es nicht überprüfen, weil fast alle Türen verschlossen waren, aber auf dem kleinen Parkplatz hinten im Hof, standen kaum noch Autos. Vom Treppenhaus aus konnte man das genau sehen. „Dumm gelaufen", ärgerte er sich. Jedenfalls war dies jetzt schon einmal erledigt. Davor hatte sich Lasse gefürchtet, war es doch – durch diesen Aktionismus unterstrichen – die Offenbarung seines nahenden Endes, dass er heute zur Endgültigkeit vollziehen müssen würde. Von einer freudegeprägten Freiwilligkeit konnte keine Rede sein. Wäre es nach Lasses Wunsch gegangen, hätte er hier gearbeitet, bis er vom Stuhl herunter verstorben wäre. Dass man nicht gefragt wurde, ob man denn weiterhin zu Verfügung stehen wolle, war eine Nachlässigkeit der angewandten Gesetzgebung. So mirnix dirnix einfach Schluss weil Schluss sein musste, war die reinste Missachtung nicht nur des freien Willens-, sondern auch gegenüber der gesundheitlichen Verfassung, in der sich der zu verrentende Kandidat befand. Nur weil die Uhr des Arbeitslebens abgelaufen war, hieß das noch lange nicht, dass man nicht mehr arbeiten *wollte*. Lasse fühlte sich agil und durchaus gesund. Hätte man ihm seinen Arbeitsplatz gelassen, hätte die Behörde mit großer Sicherheit davon profitieren können. Man wäre seiner erhabenen Habhaftigkeit habhaft gewesen, seine Berufserfahrung praktisch gratis. Das Mitarbeiter in diesem Alter schon einmal öfter krankgeschrieben seinen, ließ Lasse nicht gelten. Das konnte ihm niemand nachsagen. In den über dreißig Jahren, war er allerhöchstens fünfmal krank gewesen, und das auch noch unverschuldet. Das ganze Geschmeiß, dass hier tagtäglich ein- und ausging, hatte die Grippeviren regelrecht nach ihm geschleudert, so schnell, dass man sich nicht rechtzeitig wegducken konnte. Einmal wurde er zwangsbeurlaubt, nachdem der Fall „Weinmann" allzu hohe Wellen geschlagen hatte. Der böse Fall, als der Direktor sich so schützend vor ihn gestellt hatte. Den Fall, den er zu gerne vergessen hätte, aber nicht konnte. Suspendierung konnte man damals wohl kaum dazu sagen, man hatte ihn doch lediglich aus der Schusslinie herausgenommen, als der erste Reporter im Gerichtsgebäude aufgetaucht war, und ein Interview mit ihm machen wollte. Dieser aufdringliche, unverschämte Reporter wollte wissen, was er – Lasse - sich dabei gedacht hätte, einen unbescholtenen Mann, einfach in die Psychiatrie zwangseinzuweisen, nachdem er einfach nur mal kurz ausgerastet sei, was ja schließlich und verständlich doch jedem von uns einmal passieren konnte, wenn ein mühsam aufgebautes Lebenswerk den Bach runter geht, nur weil die Bank einen Kredit gekündigt hatte, der bis zu diesem Zeitpunkt lückenlos bedient worden war. Lasse hatte damals alle Register gezogen die ihm zur Verfügung standen, und ohne Seitenblick sein Ziel verfolgt, diesem neureichen Individuum eine Geisteskrankheit nachzuweisen. Inhaftiert hatte er ihn, diesen Weinmann. In eine Klapse, die weit ihr Maul aufgerissen hatte, um ihn – diesen neureichen Weinmann - zu verschlingen. Höflich begleitet von vier Polizisten, die ihn aus seinem aufgeblasenen Zuhause herausgezerrt hatten, in dem es vor Luxus nur so wimmelte. Luxus, den sich Lasse nie würde leisten können. Lasse hatte es ihm ganz schön gezeigt, diesem Weinmann. Ein gefundenes Fressen war das damals. Schwer verdaulich wie sich dann herausstellte. Die Sache war ziemlich böse umgeschlagen, nachdem sich ein Dortmunder Anwalt eingemischt-, und von sich aus die Presse mit Informationen versorgt hatte. Lasses Name war geraume Zeit in aller Munde und sogar auf den Titelseiten der lokalen Presse. Viel hatte wirklich nicht gefehlt, und er wäre seinen warmen Bürostuhl, für immer und ewig los gewesen. Nun… Dieser Vorfall- diese Suspendierung war dennoch nicht als Fehlzeit zu betrachten. Lasse hatte nur versucht seine Pflicht – vielleicht etwas zu übereifrig - zu tun, und sich in seinem übereifrigen Übereifer gehörig verheddert. Ach ja... Und das gebrochene Bein war auch nicht seine Schuld. Dafür war sein Sohn – dieses verpfuschte Kind – verantwortlich, weil er sein Skatboard nicht ordnungsgemäß an Ort und Stelle verstaut hatte, und seine Gattin - von einer vollendeten Beaufsichtigung meilenweit entfernt - ihre Hände in Unschuld wusch. So ist das. So war das damals. Wen interessierte es noch? Lasse machte Platz.

Der gesamte Vormittag des letzten Tages im Amt, war dafür reserviert, dass Lasse seiner Nachfolgerin sein Büro und sämtliche Akten übergab, und mit ihr noch offene Fragen durchging, die sich durch die aktuellen-, und anstehenden Betreuungsfälle vielleicht noch auftaten, oder aufgetan hatten. Eine Einweisung hier und da, nichts Dramatisches zurzeit, und den Stand der Dinge in den Fällen, in denen er selbst es nicht bis zum Abschluss geschafft hatte, was seiner Meinung nach nicht an ihm lag. Lasse war sehr verärgert darüber, dass seine Nachfolge von einer Frau in den Dreißigern angetreten wurde. Erstens, hielt er diese Frau Weißmann für nicht genügend kompetent, und Zweitens, redete sie Zuviel. Fragte zu viel nach, und machte von Lasses verhasstem „Ermessensspielraum" regen Gebrauch. Sie ließ viel zu oft

Milde walten, und zeigte offensichtliches Verständnis für die Belange der Angehörigen, und der zu betreuenden, entmachteten, gesetzlosen Kindern, Müttern und Alten, Trinkern und sonstigen Suchtkranken, die außer Stande waren die Verantwortung für ihr eigenes Leben zu übernehmen. Wo sie damit hinkäme – mit ihrem Verständnis, würde sie schon noch sehen. Es würde sich zeigen. Lange würde es nicht mehr dauern, bis man ihr auf der Nase herumtanzte und alle möglichen und unmöglichen Forderungen stellte. Zudem störte ihn die Ähnlichkeit ihres Nachnamens, zu Lasses „gefährlichstem Fall." Außerdem war sie eine Frau. Dass alleine genügte schon, um ein vernichtendes Urteil über sie zu fällen. Dieses wandelbare Geschlecht hatte im Laufe der vergangenen Jahrzehnte wirklich jeden Stuhl erobert den es zu erobern galt. Nicht einmal vor einem Boxring machten sie mehr halt, diese Weiber. Wenn Lasse an diese übergewichtige Polizistin aus der Nachbarschaft dachte, wurde ihm schlecht. Wie sollte diese Frau einem Mann nachstellen, der nichts Gutes im Schilde führte? Wie sollte sie gegen einen kraftvollen Mann bestehen, Kampftraining hin oder her. Selbst für eine Verkehrskontrolle wäre sie nicht zu gebrauchen, wenn ein ertappter Sünder Reißaus nehmen würde. Wie sollte sich die Trägheit ihrer Masse schnellstens zu einem flinken Sprint in Bewegung setzen? Das sollte Lasse doch einmal jemand weismachen, wie das gehen sollte. Beim Anblick eines solch ausladenden Hinterteils, würde sich doch jeder Ganove schlapp lachen. Frauenquote, Emanzipation. Einfach lächerlich. Er persönlich, zog die traditionelle Form der Ehe-, genauso wie einem typisch weiblichen, traditionellen Verhalten, allemal vor. Frauen sind Frauen, und das sollten sie auch bleiben. Lasse hatte seiner Frau nie gestattet arbeiten zu gehen. In einem Haushalt mit zwei Kindern gab es genug zu tun. Doch seit die Kinder aus dem Haus waren…

Und dann noch dieses ganze Gedöns mit der Frauenquote in Führungspositionen, an Konzernspitzen, oder in der Politik. Schrecklich. Diese unberechtigten Rücksichten auf das weibliche Geschlecht hätten von Anbeginn an egalisiert, unterbunden, im Keime erstickt werden müssen, zusammen mit der fortschreitenden, fordernden, erobernden Emanzipation. Weg mit Rücksichten. Sie wollten es doch nicht anders haben diese Frauen. Aber das hatte man sträflich versäumt. Nein, man betete sie förmlich an - diese Frauenspersonen, und rollte ihnen noch ein verständnisvolles Lächeln entgegen, wenn sie wieder einmal unpässlich waren, was offenbar alles zu entschuldigen schien, wenn wieder einmal etwas in die Grütze ging. Die Natur wusste immer wo es langging. Die

Menschheit nicht mehr. War nicht sogar aus einer „jungen Frau" urplötzlich eine „Jungfrau" gemacht worden, die angeblich den Sohn eines fiktiven Gottes geboren hatte? So ein hausgemachter Unfug. Alma hätte sie heißen sollen. Hebräisch übersetzt hieß das: „Junge Frau." Aber nein, Maria nannte man sie, und betete sie sogar heute noch an. Heute, in einer aufgeklärten Zeit, die sich so viel Wissen auf die Fahne der Ära schrieb. Heute, in einer Zeit, in der der Fortschritt wild um sich schlug, und so handfeste Treffer platzierte, die einem aus der Bahn werfen konnten, wenn man sich für sie nicht öffnete, und leicht den Anschluss verpassen konnte. Davon konnte Lasse ein Lied singen. Wenigstens das Elend war vorbei. Keine Aktualisierungen mehr, keine neuen Programme und Masken, keine lästigen Rund-Mails. Keine Abstürze und Vieren mehr. Das war aber auch schon alles was dieses Rentnerdasein an Vorteilen mit sich brachte. Auf die Zeit für die Zeit, die er ab morgen hätte, pfiff er. Daraus machte Lasse sich nichts. Sie war ihm lästig...diese Zeit.

Auf der letzten Stufe der kurzen Eingangstreppe blieb Lasse stehen, und atmete einmal tief durch. Ihm war schleierhaft wie man bei dieser Saukälte so schwitzen konnte. Das tiefe, langsame Atmen half. Wenigstens verschwanden diese tanzenden Worte wieder vor seinem inneren Auge, und machten eine klare Sicht frei. Lasse wechselte seine alte Ledertasche von der linken- in die rechte Hand. Warum hatte er sie überhaupt an diesem Tag mitgenommen? „Reine Gewohnheit", attestierte er sich. So etwas geht nicht von heute auf Morgen. Nicht so schnell. Es würde dauern, bis er sie unbeachtet in der Ecke stehen sehen konnte. Vielleicht würde er sie sogar wegwerfen. Man würde sehen. Lasse griff – ganz gegen seine sonstigen Gewohnheiten – nach seinem Hut, und klemmte ihn unter den linken Arm. Dann wischte er sich mit der freien Hand über sein schütteres, aschblondgraues Haar, und fuhr mehrmals darüber hinweg. Glatt und feucht wie Lebertran klebte es auf seinem Kopf. Diese Hitze. Ohne den Hut wieder aufzusetzen betrat er das alte Behördengebäude, und steuerte auf sein – in wenigen Stunden - ehemaliges Büro zu. Sein einziger-, größter und monumentaler Wunsch war es, bloß niemandem von den Kollegen auf dem Flur zu begegnen. Bloß nicht. Das fehlte noch. Nicht jetzt.

Lasse hatte Glück. Unbemerkt gelangte er zum ersehnten Ziel, und zog die schwere Tür hinter sich zu. Frau Weißmann würde erst auftauchen wenn er sie telefonisch beorderte. Noch war er nicht soweit. Ein paar Minuten wollte er sich noch Zeit lassen. Nur ein wenig innerlich sammeln. Die Kortisol Ausschüttungen in Lasses malträtiertem

Körper machten ihm schwer zu schaffen. Ein ganz neues Körpergefühl, welches er bislang nicht kannte. Stress war für Lasse ein unbenutztes Wort. Ein Zustand den er nie zugelassen hatte, auch zu Hause nicht. Es half nichts. Nicht, mit noch so gutem Willen. Lasse musste aufs Klo. Seine Blase hatte ihn schon im Bus drangsaliert, kurz nachdem er dieser Frau dort draußen an der Bushaltestelle ins Visier geraten war. Ungeduldig zerrte er sich seinen Mantel vom Leib, riss den Schal herunter, und warf alles zusammen mit dem Hut auf seinen Schreibtisch. Seinen angebeteten, geliebten, immer aufgeräumten Schreibtisch, der ihm so viel Zuhause, Wärme und Macht geschenkt hatte. Leise öffnete er wieder die Tür die auf den Flur hinausführte, spähte nach links, dann nach rechts, und schlüpfte ungesehen hinaus. Niemand da. Auch nicht im Sanitärraum. Lasse entspannte sich etwas, und trat nach erfolgter Erleichterung vor eines der Waschbecken, um sich die Hände zu waschen. Das Gesicht, welches ihm dort im Spiegel entgegenblickte, war sehr angespannt, blass und alt. Geprägt und eingefärbt von der engstirnigen Paradoxität der wehenden Paragraphenwälder, in denen er jahrzehntelang ausgiebige Spaziergänge gemacht hatte, und reichliche Ernte auf seinem Arbeitskonto genussvoll verbuchte. Sonnenschein gab es in diesen Wäldern aus Paragraphen, nur für diejenigen, die davon profitierten. Den getreuen Hütern der Staatskassen, die mit aufgerissenen Mündern nach den Gebühren schnappten, die er – Lasse – erkämpft hatte und abfischte auf rauer See. Und den eventuellen Erben, die es – wie auch immer - geschafft hatten, Beschlüsse abzuwehren und zu umschiffen. Und er? Lasse? Wovon hatte er eigentlich profitiert? Diese Frage hatte er sich bislang noch nie gestellt. Sie hätte doch glatt seine Wichtigkeit infrage gestellt, oder gar angezweifelt. Schlimmer noch: Die Wichtigkeit der unentbehrlichen Gesetzgebung angezweifelt, oder zumindest der Art und Weise, auf welche Wirkungen und Ergebnisse manche Gesetze abzielten. Lasse war oft froh darüber, dass er nicht beim Jugendamt gelandet war. Dort häufte sich in den letzten Jahren schwerwiegendes Versagen. Die Höllenhunde der Presse machten es dabei auch nicht gerade leichter. Die reinste Epidemie.

„Na…? Schon eine Weltreise geplant, Herr Kollege?" Lasse zuckte derart elektrisiert zusammen, dass seine Knie zu versagen drohten. Er biss schnappend nach Luft wie ein Ertrinkender, fasste mit noch feuchter Hand zum Herzen, und machte einen halben Schritt zurück. Dass eine Person den Raum betreten hatte, war ihm völlig entgangen, so in Gedanken versunken wie er war. Eine derartige Zutraulichkeit hätte sich noch gestern wohl kaum jemand angemaßt. Eine glasklare, sehr ungehörige Übertretung seiner intimsten Zone war diese Berührung, indem dieser Unmensch ihm kumpelhaft auf die Schulter klopfte. Lasse konnte sich kaum fassen. Mit entsetzt aufgerissenen Augen, starrte er seinen Kollegen aus Zimmer 245 an, und rührte sich nicht von der Stelle. Derart schnelle Überlegungen, die hier jetzt offenbar von ihm gefordert waren, brachten ihn schon ein Leben lang aus dem Konzept. Spontanität, Humor oder Toleranz, das waren nicht unbedingt seine Steckenpferde. Schon in der Schule nicht, warum dann jetzt so plötzlich. Was dann geschah, dass schlug dem Fass den Boden aus.

Der Kollege aus Zimmer 245 sah Lasse verdutzt an, schien auf eine Reaktion zu warten, ging einen Schritt zurück, sah Lasse weiterhin verdutzt an, wartete noch ein weiteres bisschen ab, und machte dann auf dem Fuß kehrt, um den überrumpelten-, vom Schrecken gelähmten Lasse einfach stehenzulassen. Lasse starrte auf die weiße Tür die der Kollege wortlos hinter sich zugezogen hatte, als gelte es mit einem gezielten Blick ein Loch in das Türblatt hineinzufressen. Er blieb noch ein Weilchen, um nicht, von Erschütterung gekennzeichnet, auf den Flur hinaustreten zu müssen. Lasse betrachtete den silbernen Wasserhahn, überlegt kurz, ob er sich sein heißes Gesicht mit kaltem Wasser abkühlen soll, entschied sich aber dann dagegen, und dafür, in seinem Büro die Vorräte Papier, Stifte und Toner aufzufüllen. Es würde ihn nicht nur gnädig ablenken, sondern auch bei der Übergabe an seine Nachfolgerin einen guten Eindruck hinterlassen. Papier für den Drucker und das Faxgerät. Neue Kugelschreiber und Bleistifte. Büroklammern und Radiergummis. Eine frische Druckerpatrone? Nein. Eher doch nicht. Der Inhalt würde noch ein paar Beschlüsse weit reichen.

Lasse ging völlig niedergeschlagen die steinerne Treppe zum Keller hinab. Kurz bevor er um die Ecke bog, vernahm er von weitem leise Stimmen. Die flüsternden Stimmen von zwei Frauen. Er wollte schon umkehren, als er plötzlich seinen Namen sagen hörte. Man sprach über ihn. Hin- und hergerissen zwischen brennender Neugierde und anständigem Anstand, keine Gespräche zu belauschen, obsiegte diese kleine, menschliche Schwäche, doch, viel lieber über alles genau Bescheid zu wissen. Lasse presste sich an die Wand, flehte darum dass niemand die Treppe herunterkam, und hielt den Atem an, um keine verräterischen Geräusche zu verursachen. Jedes Wort konnte er verstehen. Die durch Flüstern verstellten, veränderten Stimmen konnte er allerdings nicht sicher zuordnen, weil sie mehr das Gesprochene verdarben, als ihm lieb war.

„Müssen wir dorthin gehen", begehrte eine der Stimme zu wissen. „Ich habe nicht die geringste Lust, diesem alten Knacker seine feuchte Hand zu schütteln, und auch noch so zu tun, als täte es mir leid dass er uns verlässt, und dass er aufs Abstellgleis geschoben wird. Ich bin nie so richtig warm mit ihm geworden." -„Ich auch nicht", flüsterte die andere Stimme. „Aber wir müssen. Vorgestern ist mir unser Justiz-amtmann über den Weg gelaufen, und wir haben ein paar Worte gewechselt, wegen dieser unan-genehmen Sache in die wir verwickelt sind, du weißt schon… Dieser große Bericht, der in diesem Schmierblatt erschienen ist, von wegen: So schnell geraten Menschen in die Vormundschafts-Falle." Eine kurze Pause signalisierte Lasse, dass die angesprochene, andere Person, in ihren Erinnerungen kramte. „Ja. Ich weiß was du meinst. Entmündigt und abkassiert. Ich habe es auch gelesen. Und wenn du mich fragst: Es stimmt ja auch. Manchmal ist mir auch nicht wohl bei der Sache, aber wir haben doch die Gesetze nicht gemacht, und tun nur, was getan werden muss, nicht wahr?" -„Ja, ja. Schon gut. Wen interessiert das. Mir ist es doch egal wie ich mein Geld verdiene. Es gibt Schlimmeres. Gefängniswärterin zum Beispiel. Aber um auf den ollen Mocho zurückzukommen: Ich habe unseren Justizamtmann gefragt, ob jeder von uns hingehen muss. Und Schmidt hat mir echt unmissverständlich klar verklickert, dass niemand kneifen darf. Schließlich sei Mocho der Dienstälteste, und schon eine Ewigkeit im Amt. Außerdem hinterließe er eine beachtliche Erfolgsquote. Das könne man nicht machen. Wir alle müssten hin. Eine große Sache würde es nicht werden. Höchstens eine halbe Stunde. Ich hatte den Eindruck, als wäre er selbst nicht sonderlich davon angetan, diese Zeremonie abhalten zu müssen. Er trägt ihm sicherlich immer noch den Weinmann-Fall nach. Damals hatte nicht viel gefehlt, und er hätte ihn seines Amtes enthoben. Das weiß jeder. Davon abgesehen: Du bist nicht die einzige, die nicht mit ihm warm geworden ist. Es geht uns allen so. Mocho war bestimmt schon als Spermium ein Arschloch. Ich habe ihn-, seit ich hier arbeite, nicht ein einziges Mal lächeln gesehen. Ein richtiger Griesgram. Jetzt muss ich mal langsam wieder nach oben gehen. Ich habe gleich noch einen wichtigen Termin mit ihm, den ich überpünktlich einhalten muss. Mir graut davor, aber was soll ich machen? Was machst du eigentlich am Wochenende? Wollen wir nicht mal wieder zusammen etwas unternehmen?"

Lasse spürte das Ende der leisen Unterhaltung kommen, und ging rückwärts-, ein paar Stufen die Treppe hinauf, um außer einer Reichweite zu sein, in der man hätte lauschen können. Er musste jeden

Augenblick damit rechnen, dass eine dieser Personen um die Ecke kommen würde. Kaum hatte er seinen Stand ein wenig ausbalanciert und gefestigt, rauschte Frau Mirnow um die Ecke. Ohne rot zu werden, schmetterte sie Lasse ein herzhaftes „Guten Morgen, Herr Mocho" entgegen, und eilte an ihm vorbei. Lasse war von so viel Unverfrorenheit derart überwältigt, dass er mehr als ein schüchternes Kopfnicken nicht zustande brachte. „Verlogenes Pack", grollte es in ihm. Das hätte Konsequenzen. Nachhaltige Konsequenzen. Wenigstens hatte er eine der beiden falschen Schlangen schon einmal identifiziert. Gleich sähe er die andere von ihnen. Gleich. Vielleicht noch zehn Schritte. Lasse konnte sich schon denken wer sie sein würde, wenn sie gleich einen Termin mit ihm wahrnehmen sollte, wie sie gesagt hatte. Beherzter als sonst, riss er die Tür zum Magazin auf, und sagte ein kraftvolles: „Guten Morgen Frau…ähm!" „Oh… Guten Morgen Herr Mocho. Haben Sie mich etwa gesucht? Können wir schon anfangen? Ich wäre soweit." Frau Weißmann nahm ein Packet Kopierpapier auf den Arm, legte einen Stapel Aktenhefter obendrauf, und steuerte auf die Tür zu, um das Magazin wieder zu verlassen. Lasse starrte sie an, als sei ihm ein Geist erschienen. „Ja… Ähm. Ich meine… Ich wollte… Also das ist jetzt…" -„Sie brauchen keine fehlenden Büromaterialien nachzufüllen", unterbrach Frau Weißmann ihren verdutzten Kollegen. „Ich bin gerade dabei für meinen Arbeitsplatz etwas heraufzuholen, und nehme schon einmal mit, was ich so brauche. Den Rest erledige ich Montag. Ich wäre in zehn Minuten bei Ihnen, wenn`s recht ist."

Lasse war außer Stande etwas zu erwidern. Zwar hatte er schon geahnt, dass es sich um Frau Weißmann handelte, doch als er ihr so gegenüber stand, war die Gewissheit um ein vielfaches schmerzvoller, als nur die blanke Ahnung. Der Schock saß tief. Ein Dorn hatte ihn durch-schlagen, der ihm all die vielen Jahre entgangen war. Heiß und schmerzhaft, spürte Lasse die Erkenntnis, dass er sich gewaltig geirrt hatte. Den Respekt, den er seiner Person gegenüber zu spüren geglaubt hatte, war nichts anderes als eine absichtlich geschaffene Distanz zwischen ihm und seinen Kollegen. Eine gewollte, herbeigeführte Distanz, die eine eventuell entstehende Annäherung, sofort im Keim ersticken sollte. Distanz nicht aus Hochachtung vor seiner Tüchtigkeit-, seinem Amt, seinem Erfolg, sondern aus Ekel vor seiner Dienstbeflissenheit. Dass er niemals krank machte, diente nicht dazu, als mustergültiges, blütenweißes Beispiel voranzugehen, nein. Man verabscheute ihn vermutlich sogar deswegen. So war es schon in der Schule. So war es während seiner Lehrzeit als Verwaltungsfachangestellter, so war es vermutlich zu Hause bei seinen zwischenzeitlich erwachsenen Kindern gewesen, und so war es hier an seinem Arbeitsplatz. Der einzige Mensch der seine akribische, pathologische Pflichterfüllung verstand und unterstützt hatte, war seine Frau Matilda. Für sie war Lasse ein Gottvater der Zuverlässigkeit. Eine Ikone der Ordnung und Gesetzestreue. So sicher wie ein Sparbuch auf einer Bank. Diese langjährige Loyalität dankte er ihr, indem er ihr voll verantwortlich den Haushalt überlassen hatte, ohne ihr dazwischenzureden. Auch dann nicht, wenn sie etwas tat, womit Lasse nicht ganz konform ging. Die höchste Anerkennung sprach er ihr schweigend aus, indem er sie für unaufgeregt und langweilig befand. Genauso, wie er es liebte.

Kurz nach Zwölf legte Lasse seinen Notizblock beiseite, und nuschelte ein verbissenes: „Das war alles, Frau Weißmann. Sie können gehen." Er drückte ihr die Notizen in die Hand, vermied sie dabei anzusehen, senkte schnell wieder seinen Kopf, und tat so, als müsse er dringend Ordnung auf seinem Schreibtisch schaffen. Die letzten, zähen drei Stunden, hatten ihn seiner restlichen Kraft beraubt. Mit trockenem Mund und feuchten Händen, schleppte er sich zum Getränkeautomaten, als sie sein Büro endlich verlassen hatte. Sein Sprudelautomat war ja schon zu Hause. Es half nichts, er hatte Durst. Die kurzen Momente, in denen Frau Weißmann in einer Akte geblättert-, oder selbst etwas notierte hatte, beäugte er sie heimlich. War sie abgelenkt, nutzte er den kurzen Augenblick dazu aus, sie eingehend zu betrachten. Kurz und verstohlen. Nicht offensichtlich. Offensichtliches lag ihm nicht. „Wie konnte ein Mensch nur so derart gespielte Freundlichkeit vortäuschen", ging es ihm durch den Kopf. Unten im Keller hatte sie kein gutes Haar an ihm gelassen, und dann tat sie so, als sei nichts gewesen. Zu gerne hätte er ihr seine Meinung gesagt. Einfach so. So mitten ins Gesicht. Aber am letzten Tag…

Einen faden Abschied mit einem bitteren Beigeschmack, das wollte Lasse sich selbst nicht antun. Wortgewandt oder rhetorisch Beschlagen war Lasse noch nie. Am besten war es, wenn er den Vorfall einfach ignorierte, und sich so, einen sauberen Abgang verschaffte. Lasse beschloss, auch die andere Kollegin ungeschoren davonkommen zu lassen. Hätten sie beide den Vorfall abgestritten, stünde er am Ende dumm da. Dünnes Eis, ohne Beweise. Unnötiger Tratsch der zu nichts führte.

„Rechtsmittelbelehrung, Beschluss, Urteil, Gutachten, Festsetzung, §§528, 529 BGB, Abgewiesen, Einspruch, Justizbeschäftigter, Vertretung, § 38 Abs. 3 Satz 3 Familiengericht, Siegel, Urkundenrolle, Anordnung…" Worte, Worte, Worte. Da…

Da waren sie wieder, die tanzenden Worte, die ihm schon auf der Herfahrt den Blick verstellt hatten. Ihr Tanz war nun deutlich aggressiver, die Farben grellbunt, schnell. Geräusche um sich herum nahm Lasse wahr, aber nicht zur Kenntnis. Er fühlte sich, als würde er dem Geschehen von außen her beiwohnen-, wäre nicht unmittelbar anwesend, oder gar betroffen. Eine Taubheit, die einer Narkose glich. Eine Lähmung. Hilflosigkeit irgendwie. Bedrohlich und unfassbar. Eine Welt die sich zu verschieben begann.

Zum zweiten Mal an diesem Tag zuckte Lasse erschrocken zusammen, und fand sich Amtsleiter Schmidt – Auge in Auge – gegenüber. Er hörte die letzten Worte seiner Abschieds-Ansprache von ganz weit her: „…Ihnen lieber Kollege Mocho, und wünschen für den wohlverdienten Ruhestand eine stabile Gesundheit. Heben wir alle unsere Gläser, und trinken auf den Justizobersekretär, ab heute außer Dienst, der von nun an ein schönes, geruhsames Leben vor sich hat." Mit diesen Worten überreichte Schmidt dem Sprachlosen einen großen Blumenstrauß, und klopfte ihm - mit der so frei gewordenen Hand - auf den linken Oberarm. Die Mitarbeiter der Behörde hielten artig ihre Gläser hoch, und murmelten Worte wie: „Zum Wohl… alles Gute… na dann… Prost… und von irgendwo her sogar ein leises: Gott sei Dank."

Hände die ein Glas festhalten müssen, können nicht applaudieren. Das liegt in der Natur der Sache, gäbe es doch eine riesige Sauerei, würde man es dennoch tun. Alsdann ging dieses Zeremoniell recht lautlos von statten. Mit der Berührung seines Oberarmes war Lasse aus seiner Starre erwacht, und wurde von der Lieblosigkeit seiner Verabschiedung regelrecht überrollt. In der einen Hand seinen unberührten, billigen Sekt-, unfähig daran zu nippen, geschweige denn einen großen Schluck zu trinken, in der anderen Hand den großen Blumenstrauß. So, stand Lasse unbeweglich in der Mitte des kahlen Kantinenraumes, und starrte Amtsleiter Schmidt in die, von Tränensäcken umränderten Augen. Mehr, als ein fast unmerkliches Kopfnicken brachte Lasse nicht zustande. Seine Stimmbänder verweigerten ihm den Dienst. Wofür sollte er sich auch bedanken? Die Dankespflicht lag schließlich nicht auf seiner Seite. „Ich bin ja nicht auf Beifall angewiesen", dachte Lasse um sich selbst zu trösten. „Ich gehe ja von hier fort, um das Leben zu leben welches mir zusteht. Neid und Missgunst, nichts anderes sieht man hier in den Gesichtern der Kollegen, machen mich doch schließlich stolz, nicht wahr?" Noch einmal nickte Lasse bestätigend. Nur... diese Geste galt nicht dem Amtsleiter Schmidt, sondern sich selbst, um sich zu bestätigen, dass es richtig war, was er in diesem Moment heimlich dachte.

Eine entgegengestreckte Hand befreite Lasse aus dieser peinlichen Situation. Ausgerechnet Frau Mirnow – eine der beiden Verschwörerinnen – stand neben ihm, und wollte sich persönlich von Lasse verabschieden. Ausgerechnet die... „Hier", sagte sie mit gespielter Freundlichkeit, und hielt ihm mit der anderen Hand einen weißen Umschlag entgegen. „Wir haben alle zusammengelegt, und hoffen, dass sie, zusammen mit Ihrer Gattin, einen feierlichen Abend dort verbringen werden. Ich und die Kollegen sind sicher, dass wir Ihren Geschmack getroffen haben. Auf Wiedersehen Herr Mocho." Überraschend fest und selbstbewusst drückte sie Lasses schlaffe Hand, drehte sich anschließend auf dem Absatz um, und verließ den großen Raum der Kantine. Damit war der Anfang gemacht. Sie – Frau Mirnow – hatte den Anfang gemacht. Einer nach dem anderen pilgerte an Lasse vorbei, und tat es ihr - Frau Mirnow - gleich. Allen voran der Amtsleiter, der es plötzlich sehr eilig hatte. Auffällig eilig. Sein Abgang glich eher einer Flucht als einem normalen Gang, mit dem man von einem Raum zum anderen geht.

Lasse stand verlassen zwischen den Tischen, und betrachtete sein volles Sektglas, dass er ohne es selbst zu bemerken, auf dem Tisch neben sich abgestellt hatte, um eine Hand frei zu machen, und

all die Hände zu schütteln, die sich ihm entgegen-
gestreckt hatten. Er besah den weißen Umschlag,
den er zusammen mit dem Blumenstrauß in der
linken Hand festhielt, und überlegte einen Moment lang, ob er ihn nicht einfach auf den Tisch
legen sollte, als Zeichen dafür, dass er auf ein Geschenk keinen Wert legte. Wut wetteiferte in seinem Gedärm mit Enttäuschung um den ersten
Platz. Schmerzhaft und aufdringlich. Unbekannt.
Er drehte sich um und sah zur Tür, die aus der
Kantine hinausführte. Niemand war mehr dort,
und schenkte ihm einen letzten-, gut gemeinten
Blick, eine Geste des Bedauerns vielleicht. Er drehte sich wieder zurück, und starrte wieder auf das
volle Glas vor ihm. Voller Ironie sprudelten winzige Luftbläschen in der hellen Flüssigkeit umher,
vertieft in einen eigenen Tanz. Lasse verlor die
Beherrschung und fegte das Glas mit einem zorni-
gen Hieb von seinem Platz. Das Geräusch von zer-
berstendem Glas tat seiner verletzten Seele gut.
Jetzt konnte er gehen. Lasse machte Platz.

Bevor Lasse seinen Fuß auf die obere Stufe der
Außentreppe setzte, hielt er inne und blieb auf
dem Podest stehen. Sein Blick ging links die Straße
hinauf, wo zwei Häuserblocks entfernt die Bushaltestelle lag, an der er jahrelang ein- und ausgestie-
gen war. Er zögerte. Etwas seltsam Unbestimmtes
hielt ihn davon ab, jetzt schon nach Hause zu fah-

ren. Was würde Matilda sagen, wenn er schon so früh dort auftauchen würde? Mit Engelszungen hatte er sie davon überzeugt, dass sie sich für seine Verabschiedung kein neues, unnötiges Kleid zu kaufen brauchte, weil heutzutage solche Feiern nicht mehr zelebriert würden. Kein Fest. Keine Ehrung. Kein Geldbetrag als Anerkennung für viele Jahre treue Arbeit. Kein großes Tamtam. Noch nicht einmal die Direktorin des Gerichts hatte es für nötig befunden, bei dieser kleinen Zusammenkunft in der Außenstelle anwesend zu sein. Zu viel Personal hatte sich all die Jahre aufgebaut, hieß es. Wo käme man dahin, wollte man jeden Einzelnen davon verabschieden. Diese Zeiten, in denen man geschätzt wurde, waren längst vorbei. Mathilda wollte ihm kein Wort davon glauben und hatte ihm sogar unterstellt, er würde sich mit ihr wohl schämen, weil sie die letzten Jahre etwas aus der Form geraten war. Nachdem die Kinder beide aus dem Haus waren, hatte sie Jahr für Jahr ein paar Kilo zugelegt. Das läppert sich. Dass Lasse diese Veranlagung nicht hatte, lag einzig und alleine daran, dass er eben ohnehin ein eher zierlicher, kleiner Mann ist. Einer, der niemals fett werden würde, auch wenn er für den Rest seines Lebens keinen Finger mehr krummmachte.

Lasse sah nach rechts die Straße hinab, die in die Innenstadt führte, und überlegte: „War er eigentlich diesen Weg schon einmal zu Fuß gegangen? Nein!" Daran konnte er sich nicht erinnern. Noch nie zuvor hatte er nach anderen, fremden Rhythmen getanzt. Seine Tagesabläufe waren festgezurrt und so unabänderlich wie die feste Tatsache, dass der Himmel oben- und die Erde unten ist. Abweichungen endeten doch stets im Chaos. Davon wollte Lasse nichts wissen. Aber heute… Es fing doch schon an der Bushaltestelle an aus dem Ruder zu laufen. Diese Begegnung mit der Nachbarin… das belauschte Gespräch der Kolleginnen… diese falsche Freundlichkeit… der lieblose, unwürdige Abschied in der Kantine… das zerschlagene Glas, dass die Putzfrauen heute Nachmittag finden würden. Noch ein letzter Blick in den tiefhängenden Himmel – das Wetter hatte sich ein wenig beruhigt – und Lasse setzte seinen Weg fort. Er ging die Straße hinab, die in die Innenstadt führte.

„Was in aller Welt machen Sie denn da, Frau Weißmann? Im ganzen Haus wird es doch eiskalt." Kollege Gelldorf stand in der Tür zu Frau Weißmanns neuem Büro, und staunte nicht schlecht, als er sie mit einer Sprühfalsche durch den Raum flitzen sah. Beide Fenster waren bis hinten hin aufgerissen, im oberen Stockwerk knallte eine Tür zu, die dem Durchzug keinen Widerstand mehr leisten konnte. Vermutlich war in diesem

Raum auch ein Fenster zum Lüften geöffnet. Gelldorf stellte einen Fuß fest an die Zimmertür, damit sie nicht auch noch zuknallte. „Ich bin gleich fertig", sagte Frau Weißmann etwas außer Atem. „Eine Sekunde noch." Fasziniert von diesem hektischen Schauspiel, blieb Kollege Gelldorf in der Tür stehen. Er wollte unbedingt wissen was hier vor sich ging. Heute wollte er eine halbe Stunde vor Amtsschließung Feierabend machen, weil sein Sohn Geburtstag hatte. Aber ohne diese brisante Information, wollte er das Haus nicht verlassen. Frau Weißmann verhielt sich äußerst merkwürdig. So lebhaft. Irgendwie fröhlich. „Nun glotzen Sie doch nicht so entsetzt, Herr Gelldorf. Ich will doch nur den alten Mief von braunbeige karierten Pullundern, und schlecht sitzenden, altmodischen Brillen hier vertreiben. Sie glauben ja gar nicht, wie hartnäckig sich der Geruch von Menschen halten kann, wenn sie Jahrzehnte lang einen Raum belegen. Am Montag werde ich sehen, ob meine Aktion hier von Erfolg gekrönt ist, oder ob ich einen Antrag stellen muss, damit der Maler hier einmal durchgeht. Das halte ich sonst nicht aus." Gelldorf nickte mit leicht geöffnetem, staunendem Mund. „Aha… Na wenn das so ist… Dann gehe ich jetzt mal… Schönes Wochenende Frau Weißmann. Verkühlen Sie sich nicht. Das geht schneller als man denkt." Gelldorf nahm den Fuß von der Tür, die dort als Stopper einen sinnvollen Dienst versah, und zog sie mit der Hand leise zu. Schon viertel nach Eins. Jetzt musste er sich sputen, sonst gäbe es Ärger mit Gisela, seiner Frau. Hätte Gelldorf aus dem Haupteingang das Gebäude verlassen, wäre ihm der schmale Rücken von Lasse aufgefallen, der schon ein paar Meter entfernt, langsam auf die Innenstadt zusteuerte. Dann hätte Gelldorf auch gesehen, wie Lasse den Blumenstrauß in einen städtischen Papierkorb warf, dort eine Weile stehenblieb, und dem Blumenstrauß einen vernichtenden Blick hinterher schickte. Und dann hätte sich Gelldorf vermutlich Sorgen gemacht und darüber sinniert, ob er sich am Ende sogar etwas antun würde, so abwegig, wie der Justizobersekretär außer Dienst, unterwegs war. Jeder im Amt wusste: „Wenn Lasse Mocho etwas verabscheute, dann waren es Veränderungen. Sie machten ihn unsicher und krank."

An der großen Kreuzung wechselte Lasse die Straßenseite. Warum er das tat, war ihm selbst nicht ganz klar. Vielleicht sein Unterbewusstsein, das nicht so dicht am großen Krankenhaus vorbeilaufen wollte, welches linker Hand-, am Ende der Brücke lag. Krankenhäuser verursachten ihm eine latente Furcht, seit sein Vater vor fünf Jahren, in einer dieser Sterbeburgen jämmerlich verreckt war. Wenn man, im weitesten Sinne, ein Krankenhaus auch als Behörde betrachten konnte, dann hatte Lasse die Erfahrung machen müssen, dass es generell immer nur um Eines ging: „Geld." Viel davon wenn möglich. Damit kannte er sich aus. Ein Einzelzimmer, welches „dem Alten" vermutlich das Leben verlängert-, oder zumindest das Sterben erleichtert hätte, war für die Dauer seines Aufenthaltes nicht zu finanzieren. Zu einem eigenen Haus das man hätte verkaufen können, war es nie gekommen. Die Farbe seiner politischen Gesinnung war blutrot, und verabscheute den schnöden Kapitalismus. Übermäßiger Wohlstand brächte die demokratische Grundordnung nur unnötig ins Wanken, und erzeuge ebenso unnötigen Neid, so die Worte des einst überzeugten SS-Soldaten. Lasses Vater – der den Sohn im Wesen sehr geprägt hatte – war sein Leben lang ein Eigenbrötler. Er trug an der großen Last der Sünden, die er „auf Befehl" bei der Waffen-SS begangen hatte. Seine einzige Entschuldigung, die Erkenntnis der Sünde überhaupt, stellte sich erst später, nachdem der Krieg verloren war, ein. Eigentlich erst, als feststand, dass seine Frau schwanger war. Eine gute Frau, mit gehorsamer, wünschenswerter Disziplin ausgestattet. Käthe,- Lasses devote Mutter, die schon so lange tot war, dass er sich an sie kaum noch erinnern konnte. Er war gerade mal siebzehn Jahre alt. Daraufhin wurde mit dem Schweigen begonnen. Selten, dass Lasse seinen Vater in einem angeregten Gespräch vorgefunden hätte. Schmallippigkeit war also vererblich. Kognitive Dissonanz vermutlich auch. Die Strukturen eines Elternhauses hängen gewaltig fest, und lassen sich nicht einfach mit Lauge abwaschen. Ein „Nazi" wollte nach dem Krieg niemand mehr sein, wenn auch die eigene Ideologie dereinst in vollem Sturm davon überzeugt war. So lernte man die Sache mit dem Schweigen.

Lasses Hand fuhr in seine linke Manteltasche, und ertastete den Umschlag, der ihm von Frau Mirnow übergeben worden war. Er zog ihn heraus, und betrachtete ihn beim Gehen, steckte ihn wieder ein, und lief ziellos weiter. Gott sei Dank hatte es aufgehört zu regnen. Aber was sollte er jetzt mit diesem kalten Nachmittag anfangen? Auf keinen Fall wollte Lasse schon nach Hause gehen. Matilda hätte es niemals verstanden, warum für ihren Mann keine Abschiedsfeier abgehalten wurde, wo er doch sein Leben seiner Arbeit geopfert hatte. Sie hatte nie gearbeitet, weil er es nicht wollte. Bestand auf die traditionelle Form der Ehe, auch wenn die Kinder schon eine Ewigkeit aus dem Hause waren. Zu sagen: „Meine Frau braucht nicht zu arbeiten", machte sich gut im Kollegen- und Bekanntenkreis. Damit signalisierte er auch eine gewisse finanzielle Auskömmlichkeit, die daher rührte, dass man seine Dienste angemessen entlohnte. Ihn also entsprechend wertschätzte. Für Lasse ein unentbehrliches Lebensgefühl, welches er sich selber so lange vorgemacht hatte, dass er heute die Vorstellung von der Realität nicht mehr unterscheiden konnte. Dazu fehlte ihm der Blick auf sich selbst, und die Unfähigkeit einer gesunden Sichtweise. Seine eigene Einschätzung sich selbst gegenüber, war eine glanzvolle Verpackung, um die seine Frau eine goldene Schleife gebunden hatte. Irgendwann hatte man sogar im Amt damit aufgehört, nach ihm zu treten, was ihn selbst aber nicht daran hinderte, nach „Unten" kräftig auszuholen. Seine körperliche Zierlichkeit verlieh ihm Bärenkräfte, wenn es darum ging, Menschen ihre Würde zu entreißen, und sie um ihr Vermögen zu erleichtern. Bärenkräfte, wenn es darum ging, den Betroffenen klar zu machen, an welcher Seite des Hebels er saß. Schließlich arbeitete er im Sinne des Staates. Ohne Menschen wie ihn, sähe es in den Landeskassen ganz schön mau aus, wollte man immer Gerechtigkeit walten lassen. Wo käme man dahin, wenn jeder frei über sich selbst entscheiden könnte, wenn er es doch längst nicht mehr kann. Gutachterlich bestätigt und besiegelt. Der dumpfe Ton der Kirchturm-Glocke riss Lasse aus seinen Gedanken heraus. „Herrjeh", fluchte er still vor sich hin. „Erst zwei Uhr." Sein Blick richtete sich auf die Zeiger der Kreuzkirchen-Uhr, so als könnte er damit eine Änderung bewirken. Dass er schon so weit gelaufen war, hatte Lasse überhaupt nicht bemerkt. Bis zum Bahnhof waren es nur noch ein paar Schritte. Um sich nochmals von der Richtigkeit der Uhrzeit zu vergewissern, sah Lasse umständlich auf seine alte Armbanduhr, und traf eine Entscheidung. Spontan. Für seine Verhältnisse die erste Neuerung, die sich bereits einstellte. Vor sechzehn Uhr wollte er auf keinen Fall nach Hause gehen, also blieben ihm noch satte zwei Stunden. Genug Zeit, um sich von jemandem zu verabschieden, mit dem er all die Jahre ein pikantes Geheimnis teilte. Jemand, mit dem er irgendwie gemeinsam alt geworden war. Jemand, für den es Zeit wurde, ihm ein „Lebe wohl" zu sagen, weil sich jetzt – ab dem heutigen Tage – irgendwie alles veränderte. Auch in finanzieller Hinsicht. Mit festem Schritt ging er auf die Haltestelle der „Dreiunddreißig" zu, und hatte Glück. Der Bus bog gerade um die Kurve. Lasse stieg ein, bezahlte einen Euro Zehn, und setzte sich, befriedigt über seinen Entschluss, direkt hinter den Busfahrer, so, dass er ihm nicht über den großen Rückspiegel in die Augen blicken musste. Seine abgenutzte Aktentasche verfrachtete er auf seinem Schoß, den Regenschirm hängte er an die Glasscheibe, die ihn vom Fahrer trennte. Lasse holte zum zweiten Mal den weißen

Umschlag aus seiner Manteltasche hervor, und riss ihn endlich auf, um nachzusehen, was sich darin verbarg. Schnell erkannte er, was man ihm da aufgehalst hatte, von wegen; Geschmack getroffen. „Oh je. Bitte nicht", flüsterte er mehr zu sich selbst, und betrachtete angewidert die beiden Kinokarten – vierte Reihe, vermutlich aus Rücksicht auf seine fortschreitende Kurzsichtigkeit - zum Film „Tatsächlich Liebe", mit Hugh Grant als Premierminister in der Hauptrolle. Ein Gutschein für die Pizzeria in der Nähe der „Kammerspiele"- so hieß das betreffende Kino - war auch noch dabei. Sechzig Euro hatten die Kollegen des Gerichtes sich sein Abschiedsgeschenk insgesamt kosten lassen. Nicht gerade wenig. Aber teilte man die Summe durch die Anzahl der Mitarbeiter, die in der Außenstelle beschäftigt waren, dann waren es nur 2,31 Euro pro Nase. „Das war er also wert", dachte Lasse enttäuscht. 2,31 Euro.

Ein Abschied für immer.

Lasse klingelte bei seiner „persönlichen Freundin", und hoffte, dass sie zu Hause wäre. Dass sie *nicht* zu Hause sein könnte, war ihm überhaupt nicht in den Sinn gekommen. Mit Spontanität umzugehen, dass musste er erst noch lernen. Das ging nicht von heute auf morgen. Nicht so schnell. Zum ersten Mal seit mehr als fünfzehn Jahren, hatte Lasse heute, mit dieser spontanen Unternehmung, seinen festen, vierwöchigen Rhythmus unterbrochen. Sein Herz hämmerte gegen seine schmale Brust, und drohte zu zerbersten. Wenn sie nicht da ist, überlegte er, dann ginge er um die Ecke in das große Zoofachgeschäft, indem sie sich vor so langer Zeit kennengelernt hatten, und in dem er mit unabwendbarer Pünktlichkeit, alle vier Wochen seinen Einkauf für seine Malawi-Barsche erledigte. Ihr Hündchen Kaspar, der schon lange im Hundehimmel weilte, hatte ihm sprichwörtlich ans Bein gepinkelt. Und so waren sie damals ins Gespräch gekommen. Dolores – unter diesem Namen stellte sie sich damals vor – hatte sich mit ihren Entschuldigungen regelrecht überschlagen. Sie hatte mit aller Überzeugungskraft darauf bestanden, seine nasse Hose zu säubern, und das Malheur schnellstens zu beseitigen. Lasse hatte sich mit aller Kraft dagegen gewehrt, aber eine wirkliche Chance hatte er gegen diese resolute Dame nicht gehabt. Ehe er sich versah, zerrte sie ihn hinter sich her, und steuerte auf das gigantische Hochhaus zu, dass wenige Meter, um die Ecke, die gewerblich geprägte Wohngegend dominierte. Sie – Dolores – fuhr mit ihm in die neunte Etage, und schubste Lasse in die kleine, dunkle Wohnung hinein. Nach einem kurzen Moment der Besinnung, stockte ihm der Atem, und schnürte seine Brust ein. Wo, um Himmels Willen, war er hier gelandet? Was waren das für merkwürdige Utensilien die überall herumstanden? Sogar ein großer Käfig, der für den winzigen Kaspar eher viel zu üppig erschien, stand auf dem langhaarigen, flauschigen, dunkelroten Teppich. Und was in aller Welt, hatte ein Andreaskreuz in einer Wohnung verloren? Dann noch diese Folterwerkzeuge über-all an den Wänden. Aufgehängt wie gewöhnlicher Zierrat für eine sehr sonderbare Wohnung. Skurrile Bilder zierten die Wände, zeigten nackte Haut beiderlei Geschlechts, Lack und Leder, wobei Lasse diesen feinen Unterschied nicht wahrnehmen konnte, weil er mit Lack bislang noch nie in Berührung gekommen war. Und Schilder mit Sprüchen wie: „Das berühren, der Figüren, mit dem Pfoten ist verboten." Oder: „Heilig sein, und böse handeln." Lasse hatte es mit der Angst bekommen, und sah mit großen Augen, fragend diese Frau Dolores an. Er schielte zur verschlossenen Wohnungstür, und überlegte angestrengt, wie er – ohne sie zu kränken – hier schleunigst wieder das Weite suchen konnte. Dolores hatte ihn amüsiert beobachtet, und sagte: „Ja. Ich bin eine Domina, und verschaffe den Menschen, vorwiegend Männern, die Erleichterung, die sie dringend benötigen, um wie-der gut zu funktionieren. Ein Beruf wie jeder andere, nur einträglicher, und mit mehr Freizeit verbunden." Lasse hatte nur sprachlos genickt, und nichts erwidert. Kaspar, der an Lasses Bein hoch-gesprungen war, unterbrach diese peinliche Situation. Er war es gewohnt beachtet zu werden, und konnte nicht verstehen, wieso der fremde Besucher kein Leckerchen für ihn hatte. Dolores hatte sich kurz entschuldigt, und tauchte mit einem Bademantel wieder auf. „Hose ausziehen", hatte sie verlangt. Lasse wollte wieder aufstehen, und deutete zur Tür. „Das kommt gar nicht infrage", bekam er zu hören. „Zuerst müssen wir Ihre Hose sauber machen. So können Sie nicht wieder auf die Straße gehen. Es dauert auch nicht lange, das kann ich Ihnen versichern." Lasse begriff, erfasste damals schnell seine Chancenlosigkeit, und gehorchte wie man ihm befohlen. Voller Scham entledigte er sich seiner grauen Stoffhose, und drehte Dolores den Rücken zu. Ihrem amüsierten Blick wollte er kein zweites Mal begegnen. Einerseits verunsicherte ihn ihre resolute Art, andrerseits fühlte er sich nicht unbedingt unwohl in ihrer Nähe. Artig in den Bademantel gehüllt, saß Lasse auf dem strengen, schwarzen Ledersofa, und klemmte die Knie zusammen, als müsse er damit eine Münze festhalten. Kaspar saß vor ihm, und blickte ihn vorwurfsvoll an. Lasse beugte sich hinab, und streckte dem Hündchen seine Hand entgegen, damit er daran schnuppern konnte. Der Hund in Kleinformat drehte beleidigt den Kopf zur Seite, und bewegte sich keinen Zentimeter auf Lasse zu. Dolores war im Badezimmer und reinigte seine Hose. Sie hatte ihm ein Glas Prosecco hingestellt, und sich entschuldigt, dass sie auf die Schnelle keinen Kaffee anbieten konnte. Lasse lehnte zwar ab, nippte aber an seinem Glas, wie ihm geheißen. So schlecht schmeckte es nicht, wie er erwartet hatte. Etwas zu süß vielleicht, aber irgendwie nicht unangenehm. Bei ihm zu Hause gab es keinen Prosecco, höchstens einen ehrlichen, deutschen Sekt. Lasse nutzte die Zeit des Wartens um die Skurrilität der Wohnung zu bestaunen. Dabei fiel sein Blick auf einen Zettel, der an einer Pinnwand befestigt war. Darauf stand: „Dungeon Master noch bezahlen." Das war ein Wort, das er noch nie zuvor gehört hatte. Was ein „Master" war, das lag auf der Hand. Aber ein *„Dungeon?"* Davon hatte Lasse noch nie etwas gehört. Nun wollte er nicht unhöflich sein, und in seiner Aktentasche nach Stift und Zettel kramen, also versuchte er sich den Begriff zu merken. Zu Hause stand die komplette Ausgabe des Brockhaus. Darin würde sich sicherlich etwas nachschlagen lassen, was zur Aufklärung beitrug. Als Dolores wieder im Zimmer erschien, machte sie ein sauertöpfisches Gesicht. Sie erklärte Lasse, dass dies wohl eine Hose sei, die ausschließlich in der Reinigung gesäubert werden konnte. Sie sei vermutlich ruiniert, und sie würde den Schaden ihrer Hundehaftpflichtversicherung melden müssen. Nun geriet Lasse in Panik. Auf keinen Fall wollte er mit dieser Dame in Verbindung gebracht werden. Wie sollte er seiner Frau erklären, dass er in diese Wohnung mitgegangen war. Am Ende war diese Dame noch stadtbekannt, und er wäre der Gelackmeierte. Jetzt galt es kreativ zu sein, und schnellstmöglich das Weite zu suchen. Hastig trank er einen großen – zu großen - Schluck der süßen Flüssigkeit, die ihm ganz gut schmeckte, und stotterte eine verlegene Ausrede. Dolores – die eigentlich im wahren Leben Gerlinde Wagner hieß, wie er später durchs Einwohnermeldeamt herausfand – konnte von Lasses Pein nichts ahnen. Sie setzte sich vollkommen arglos zu ihm auf das große, strenge, schwarze Sofa, und schenkte sich auch ein Gläschen ein. Sie hätte da so eine Idee, wie sie diesen verursachten Schaden wieder gut machen

71

könne, wenn er mit einer Regulierung über ihre Hundehaftpflichtversicherung nicht einverstanden sei. Von dem großen Schluck Prosecco etwas entspannt, hörte Lasse aufmerksam zu, und unterbrach sie nicht ein einziges Mal. Dolores erklärte ihm ihren Beruf. Den Sinn und Zweck, die Existenzberechtigung ihres Daseins, und die kolossale Heilwirkung ihrer Anwendungen. Das nichts Schlechtes daran sei, weil man sie letztlich nicht mit einer herkömmlichen Hure verwechseln dürfe. Zu einem Masseur zu gehen, sei im Grunde vergleichbar mit ihrer Tätigkeit. Nur, dass man bei einer Massage nur selten das Endziel der Erleichterung erreichen konnte. Nicht nur weil sich das nicht gehörte, sondern weil es in diesem Rahmen auch sehr peinlich sei. Schließlich sei es nicht das Ziel der Behandlung, im Gegensatz zu einem Besuch bei ihr. Dolores Erklärungen waren von Sachlichkeit geprägt, und rechtfertigte nichts, was nicht gerechtfertigt werden musste. Sie gab sich gekonnt Mühe, dem unverhofften Gast das Gefühl zu geben, sich in der absoluten Normalität zu befinden. Lasses Herzschlag beruhigte sich einigermaßen, und er war beeindruckt von der Wandlungsfähigkeit, zu der sie offensichtlich in der Lage schien. Zwei völlig verschiedene Personen, in nur einer einzigen vereint. Dass sie keine Hure war, dass hatte er verstanden. Allerdings hatte er sich – während er ihr aufmerksam zuhörte – bei den Worten „Zucht, Schmerz und Strenge", mit einem ganz anderen Problem auseinanderzusetzen. Die Worte „Zucht, Schmerz und Strenge" die der Besinnung und Erleichterung dienen sollten, verursachten bei ihm ein merkwürdiges ziehen in der Leistengegend. Eine undefinierbare Hitze stieg ihm zu Kopf. Zum ersten Mal tat Lasse zwei Dinge gleichzeitig in seinem Leben. Er hörte interessiert zu, und überlegte gleichzeitig. Er sinnierte darüber nach, wie lange es her gewesen ist, dass er sich zu seiner Frau gelegt hatte. Er kam nicht darauf. Er hatte es vergessen. So wie er vermutlich auch vergessen hatte, dass er ein Mann war. Einer, der nicht so lebte, wie es für einen Mann gesund wäre. Mitunter war dies der Grund, für seine immer wiederkehrenden Kopfschmerzen, gegen die kein Mittel half. So hatte er die Sache noch nie betrachtet. Nur... wie sollte man hier einen Anfang finden, und das Wagnis wagen? Lasse versank fast vor Scham unter dem langhaarigen Teppich. Dolores – routiniert in ihrem Handwerk – wusste was sie zu tun hatte. Sie schenkte Lasse noch ein zweites Glas Prosecco ein, und stellte leise Musik an. Sie entschuldigte sich mit den Worten: „Rühre dich nicht von der Stelle", und schwebte hinaus. Wie vom Donner gerührt, über diesen plötzlichen Umschwung zu einem... vertrauten „Du", saß Lasse bewegungslos auf seinem Platz. Aufzustehen, und seine Hose überzustreifen, die neben ihm, unordentlich auf dem Sessel lag, die Tür aufzumachen, und einfach hinauszugehen, das brachte er nicht fertig. Nicht nachdem sie ihm alles so freundlich erklärt hatte. Nicht, nachdem sie so viel Zeit für ihn geopfert hatte. Ratlos trank er das Glas in einem Zug leer, und wartete. Weniger als zehn Minuten später stand Dolores vor ihm, und bellte die ersten Befehle. Lasse machte Platz.

Resigniert drehte Lasse sich um, und wollte schon wieder gehen, als die Gegensprechanlage das vertraute „Ja?" schnauzte. Dolores war zu Hause. Gott sein Dank. Er brauchte sie jetzt, mehr denn je. An seinem Entschluss, dass dies heute der letzte Besuch sein würde, hatte sich dennoch nichts geändert. Beim letzten Mal hatte sie ihm erzählt, dass sie im nächsten Jahr sechzig Jahre alt würde, und den wohlverdienten Ruhestand angehen wollte. Wenn er – Lasse – aber Wert auf ihren Dienst legen würde, dann wolle sie eine Ausnahme machen, und ihm die Treue halten. Das ehrte ihn, aber er wollte nicht. In einer Woche ist der erste November, und die Bezüge würden deutlich schlanker ausfallen. Außerdem hatte ihm Matilda schon angedroht, sich dann mehr an seinem Leben zu beteiligen. Sie wollte sogar in die Zoohandlung mitkommen, obwohl sie bis heute kein gesteigertes

Interesse an seinem Hobby zeigte. Lasse ging zum Lift, und drückte auf den Knopf, der den Befehl an die Steuerung weiterleitete, ihn zu der gewünschten Etage zu befördern. Er befürchtete, dass Dolores vielleicht ärgerlich sein könnte, weil er außer der vereinbarten Zeit hier auftauchte. Aber er irrte sich. Sie stand schon in der geöffneten Haustüre, und machte ein besorgtes Gesicht. Genau was Lasse jetzt brauchte. Anteilnahme an seiner Qual. Das große Hochhaus war der reinste Segen all die Jahre. Jeder der Lasse hier ein- und ausgehen sah – falls das überhaupt je der Fall gewesen ist – der hätte sofort geglaubt, dass er der Gerichtsvollzieher sei. So wie Lasse aussah, stellte sich doch jeder einen Gerichtsvollzieher vor, war es nicht so? Bieder und unscheinbar. Konservativ und voller Ernst. Ein Anblick, den man ohnehin sofort wieder vergaß. Solche Gesichter konnte man sich nur schwer merken, eben weil sie so unsichtbar waren.

„Ist etwas passiert", fragte Dolores sichtlich besorgt. „Was machst du denn hier", ergänzte sie stirnrunzelnd ihre erste Frage. Lasse ging schweigend, mit gesenktem Kopf, an ihr vorbei ins… Arbeits-Wohn-Esszimmer, und setzte sich auf das strenge, schwarze Sofa, dass schon damals, als sie sich kennengelernt hatten, am gleichen Platz stand. Schweigend zog Lasse seine Kleider aus, und legte sie ordentlich beiseite. Wie immer, faltete er sogar seine Baumwollunterhose. „Lass uns gleich darüber reden Dolores. Gleich bitte. Nicht jetzt. Jetzt muss ich mich erst einmal selber wieder fühlen. Lasse machte Platz.

Dungeon Master zu sein, das war eigentlich all die Jahre Lasses verborgene Sehnsucht. Die dominante, schwarzglänzend verpackte Züchterin nur ein Alibi vor sich selbst. Der Schutz, sich selbst ein Geständnis abzulegen. Damals – nach dem Kennenlernen – ist er nach Hause gefahren, und hat im Brockhaus geblättert, aber nichts gefunden. Dort, wo es hätte stehen müssen, stand nur das Wort: „Dunganen." Ein Volk im östlichen Tarimbecken und der Dsungarei. Vermutliche Nachkommen der Uiguren. Aber nichts von „Dungeon." Auf keinen Fall wollte Lasse damals den Computer des Amtes nutzen, um einen Abstecher ins Internet zu machen. Das hätte verheerende Folgen haben können. Also fasste er sich irgendwann einmal ein Herz, und ließ sich von Dolores aufklären. Sie wusste sofort, wie sie diese Frage einzuschätzen hatte, und ließ Lasse die entsprechende Behandlung zukommen. Da gab es ganz sicher einen Vater in seiner Vergangenheit, der ihn, als kleinen Jungen, vermutlich allzu oft - ungerechter Weise - verprügelt hatte. Dolores war sich sicher, sich nicht zu irren. Der alte, häufige psychologische Schaden. Keine Seltenheit bei ihren Kunden, die von oben getreten wurden, und nach unten – ihrerseits - fleißig austeilten. Manche dieser abartigen Väter verstehen diese Misshandlung als Fürsorge, und die Misshandelten verstehen dies, als eine Art Liebe und Zuwendung. Zuwendung über Schmerz, ist immer noch besser als gar keine Anerkennung. Und so werden seelische Krüppel geformt, die sich ihrerseits zu sehr unliebsamen Zeitgenossen heran entwickeln können, die niemand versteht, und sie zu meiden versucht. In einzelnen Fällen, werden tickende Zeitbomben aus ihnen. Laufen diese Erlebnisse derart dem Ruder, ergeben sich daraus unter Umständen nicht therapiebare, gebrochene Kreaturen mit nicht ganz ungefährlichen Defekten. Die Verursacher-, die prügelnden Väter bleiben mit ihren eigenen Defiziten zurück, und erkennen sich nicht. Manchmal... so kurz bevor sie ihre letzte Reise antreten müssen, flehen sie um Vergebung bei ihren Kindern, die dann schon längst selbst Väter oder Mütter sind. Was für eine unsinnige Verschwendung von menschlichem Glück.

Der süße Schmerz, der durch seine Empfindungen schoss wie eine Kugel aus dem Lauf einer Büchse. Betäubend, und erweckend zugleich. Das war endlich erlösend. Das – diese Süße - konnte Lasse in diesen Momenten erspüren und in seine Erinnerungen einbetten. Nur für ihn... Exklusiv. Unzugänglich für Jedermann und Jederfrau. Zum ersten Mal an diesem Tag lächelte Lasse entrückt. Jetzt ging es ihm etwas besser.

„So. Nun erzähle mir doch mal der Reihe nach, was dich heute hierher getrieben hat. Bei jedem anderen Kunden würde ich das verstehen, aber bei dir nicht. Eine solch stringente Lebensweise ist mir bis heute nicht mehr untergekommen. Was ist passiert?" Lasse, der bis zum heutigen Tage nichts Privates von sich preisgegeben hatte, betrachtete traurig Dolores, die in einem weißen Bademantel aus Seide vor ihm auf dem Sessel saß. Darunter trug sie noch ihre Arbeitskleidung. Ihre Stiefel quietschten unangenehm, als sie die Beine übereinander schlug. Sie sah ihn aufmerksam an, was Lasse gut tat, so wenig Beachtung wie ihm im Leben zuteil geworden war. Außer in seiner Amtsstube, wenn er mit Hingabe Menschen schikanierte die ihm ausgeliefert waren. Die beachteten ihn, weil sie es mussten. Wenn auch voller Hass. Unbeliebtheit umschloss seine Person mit festem Griff. Überall. „Ich bin ab heute nur noch ein schnöder Rentner, Dolores. Dieser Einschnitt in mein Leben hat nicht nur Auswirkungen auf mein gesamtes Leben, sondern auch auf meine finanzielle Situation. Jetzt nicht dass ich mir deine Zuwendung nicht mehr leisten wollte, verstehe das bitte nicht falsch, ab sofort verändert sich einfach alles in meinem Leben. Dazu gehört auch, dass ich damit aufhören muss, dich zu besuchen. Ich will mein Glück, nicht erwischt worden zu sein, nicht überstrapazieren. Das ist alles. Es hat nichts mit dir zu tun. Sonst wäre ich dir nicht über viele Jahre – mehr als fünfzehn sind es, glaube ich - treu geblieben." Dolores nickte verständnisvoll, und sagte mit belegter Stimme: „Ausgerechnet heute. Heute war den ganzen Tag schon der Wurm drin. Ich habe heute Geburtstag, weißt Du? Und jetzt verliere ich auch noch meinen treuesten, langjährigsten, nettesten Kunden. Viele bleiben weg, und gehen zu den jungen, frischen- aber vor allem, preisgünstigeren Kolleginnen, die aus dem Osten kommen, und uns hier das Leben wirklich schwer machen." Dolores sah Lasse geradeaus ins Gesicht und stellte fest, dass sich ein Schleier aus Traurigkeit über ihn gelegt hatte. Sie war ihm nicht böse. Früher oder später musste es ja dazu kommen. „Darf ich dich zum Abschied mal umarmen", fragte sie schüchtern. Lasse, von dieser Frage ebenso überrascht wie gerührt, nickte stumm. Sie brachen die eiserne Regel, sich niemals zu berühren, als sie sich zum Abschied fest umschlungen hielten. Ein ganz fremder Augenblick. Für beide. „Ach", sagte Lasse. Das trifft sich gut, dass du heute Geburtstag hast. Ich habe da was für dich, was ich dir schenken möchte. Er stand auf, und ging an die Garderobe im Flur, an der sein alter, grauer Mantel hing. So alt und grau, wie Lasse selbst. Er nahm den weißen Umschlag heraus, und überreichte ihn Dolores. „Hier", flüsterte er bedrückt. „Mache dir einen schönen Abend mit einer Freundin oder wem auch immer. Ich brauche das nicht. Nimm es bitte. Du machst mir damit wirkliche eine große Freude." Dolores betrachtete ein wenig melancholisch den weißen Umschlag in ihren Händen, und sagte mit belegter Stimme: „Lebe wohl, du armes, armes unerfülltes Menschenkind. Vergib dir selbst, sonst hast du keine Chance." Als Lasse mit dem Lift nach unten fuhr, bemerkte er, dass ihm eine einsame Träne über die graue Wange kullerte. Da hatte er schon die Quittung: „Gefühle bedeuten doch nichts weiter als Schmerz."

Man soll die Feste feiern, wie...

„Du kommst aber spät nach Hause", empfing ihn Matilda schon aufgeregt in der Diele. „Hattet ihr ein schönes Abschiedsfest? Wo hast du denn dein Geschenk?" Lasse stellte sich dumm, und behauptete, es im Bus stehengelassen zu haben. Ein riesiger Präsentkorb sei es gewesen, der ihm ganz aus den Gedanken gefallen sei. „Siehst du... ich hätte doch mitkommen sollen. Oder hättest du doch besser den Wagen genommen, verflixt. So ein Malheur aber auch. Du musst morgenfrüh gleich in der Verwaltung anrufen. Sicher gibt es jemand beim Busfahrer ab. Aber jetzt komm erst mal rein. Beeile dich, wir haben Besuch." Lasse, der bis dahin kaum zu Wort gekommen war, verdrehte die Augen, und ließ sich von seiner Frau aus dem Mantel helfen. Besuch war so ziemlich das Letzte was er jetzt gebrauchen konnte. Aber er hörte schon die laute, eindringliche Stimme seines Freundes Ohle Jörgensen, und seiner Frau Mechthild. Dann konnten die anderen Gäste nur Tobias Rehling mit seiner Frau Doris – eigentlich hieß sie Dorothea - sein. Ohle war Obergerichtsvollzieher, und arbeitete seit vielen Jahren auf sein – Lasses – Geheiß hin. Aufträge gab es reichlich. Spätestens wenn es Lasse mal wieder geschafft hatte, einem hilflosen alten Menschen, sein ganzes Geld abzujagen, und der dann die Flut der Rechnungen nicht mehr bezahlen konnte, dann kam Ohle ins Spiel. *„Mister Gnadenlos"*, nannte Lasse ihn spaßhafter Weise. Aber… dieses Späßchen traf es auf den Punkt. Betreuungsgebühren waren heutzutage so hoch und erheblich, dass manchen Betroffenen schon nach ein paar wenigen Monaten die finanzielle Luft ausging. Man stand schneller mit dem Rücken zur Wand, wie man sich das je hätte träumen lassen. Und Ohle war ein Schweinehund der keinerlei Skrupel oder Mitleid kannte. Ein Bluthund der Inkassobranche, mit gerichtlichem Freifahrtschein. Seine Frau arbeitete auch nichts, dafür verdiente Ohle zu viel, als dass sich das gelohnt hätte. Und ihr Beliebtheitsgrad hielt sich in Grenzen. Es hätte sie sowieso niemand in Anstellung genommen, schon alleine deshalb nicht, weil sie Ohles Frau war. Ohle und Tobias waren die einzigen Freunde, die Lasse in seinem Leben vorzuweisen hatte. Nicht einmal die Nachbarschaft, oder alte Schulkameraden wollten mit Lasse etwas zu tun haben. Tobias war sein treuer, ergebener Kettenhund Nummer zwei, der ihm die Hand leckte. Immer wenn er ihn anrief, scharrte er schon unter dem Schreibtisch mit den Füßen, weil er wusste, dass Lasse wieder Futter für ihn hatte. Tobias war ärztlicher Gutachter in der hiesigen psychiatrischen Institutsambulanz. Ein ungepflegter, fetter, verschlagener, unsympathischer Kerl, um den jeder einen großen Bogen machte. Nur Lasse nicht. Sie haben sich immer gegenseitig gebraucht. Tobias fertigte die Gutachten, die Lasse ein Stück weiter halfen. Für all das viele, gute, einträgliche Futter zum Dank, konnte Lasse in den vergangenen Jahren, mit seiner Familie, in Dänemark kostlosen Urlaub in Tobias Ferienhaus machen. Eine Hand wäscht die andere. So ist das eben. Und Freunde braucht man schließlich auch.

„Warum hast du das gemacht", zischte Lasse seiner Frau ins Ohr. „Warum was?" Matilda stellte sich nicht dümmer als sie war, sie war nur naiv. Ständig irgendwie schwer von Begriff, manchmal so laut, dass es die anderen unweigerlich mitbekamen, was Lasse jedes Mal die Schamesröte ins Gesicht trieb. Mit ihr konnte man nur ganz offensichtlich reden. In Gesellschaft, diskret etwas zu besprechen, war mit ihr schier unmöglich. Das brachte Lasse oft auf die Palme, und er unterstellte ihr eine grenzenlose Dummheit. So war sie eben – sein treuestes Dienstpferd. Seine alte Matilda. Seine Frau. Vom Glauben, zur Stütze, zum Korsett, zur Zwangsjacke war sie ihm geworden. Mit stoischer Gelassenheit hatte sie das Familienhaus in eine ganz persönliche Downig Street No. 10 verwandelt. Eine Trutzburg, gewappnet gegen Angriffe von außen. Unantastbar, umschlossen von geistigen Mauern, die so hoch waren wie das Empire. Den Beruf ihres Mannes galt es zu verteidigen. Um jeden Preis. *„Si vis pacem para bellum."* Wer Frieden will, der bereitet den Krieg vor. , sagte schon Marcus Tullius Cicero. Matilda hielt sich daran. Sie erledigte ihren Einkauf ausschließlich in der Stadt, um sich vor schrägen Blicken der Dorfbewohner zu schützen. Und so, war die Integration in die Dorfgemeinschaft- oder das Beschließen einer Freundschaft, unaufhaltsam den Bach runter gegangen. So unaufhaltsam wie der Golfstrom.

Lasse ging durch die Vegetation der von „Laura Ashley" dominierten Wohnung, die seinem Zuhause den Mief des Durchschnittbürgertums eingehauchte, und begrüßte seine Gäste. Tobias stand sogar auf um ihm die Hand zu schütteln. Mit vollem Mund – Mathilda, die gute Hausfrau und Köchin, hatte bereits als appetitanregendes Appetit-Häppchen, winzige Schweinefilets mit einer halben Pflaume in einen krossen Speckmantel gewickelt, und schon auf den Tisch gestellt – nuschelte er einen halbherzigen Glückwunsch, und schlug ihm dabei so hart auf die Schulter, dass Lasse einen halben Schritt seitwärts machen musste. Um ein Haar wäre er aus dem ohnehin lädierten Gleichgewicht geraten. Er blickte verstört in das feiste, fette Gesicht seines Freundes, nickte sprachlos, und nahm Platz. Tobias schlaffe Schwabbel-Backen vibrierten munter, sein Mund – eingebettet zwischen zwei tiefen Nasolabialfalten, so tief wie der Andreasgraben – war fettverschmiert. In einem Mundwinkel hing ein Stückchen vom Speckmantel des Appetitanregers. Nachdem Lasse, allen reihum die Hände geschüttelt hatte, brachte er ein gequetschtes „na das ist aber eine nette Überraschung" hervor. „Deine Frau hat ja keine Ruhe gegeben. Wir mussten zu deinem heutigen Ehrentag vorbeikommen, und mit dir die Pensionierung feiern", grummelte Ohle, der alles andere als begeistert aus der Wäsche schielte. Lasse schickte einen strafenden Blick in die Richtung seiner Frau. Matilda verstand überhaupt nicht warum. Sie huschte in die angrenzende Küche, die dingend eine Modernisierung nötig gehabt hätte, und holte die Vorspeise. Rindfleischsuppe mit Markklößchen. So wie immer. Ihre Spezialsuppe. Die Suppe aller Suppen. Nahrhaft und fettig. Tobias war schon am Kauen, noch bevor, jemand überhaupt „Guten Appetit" gesagt hatte.

Lasse wurde mit guten Ideen überschüttet, was man denn jetzt – mit so üppiger Zeitagenda – so alles anstellen könnte. Etwas überrumpelt von der Aktion seiner Frau, entging ihm dabei, dass keiner seiner Pseudofreunde, auch nur einen Ton verlauten ließ, ihn – Lasse – zu irgendeiner Unternehmung einzuladen. Ohle spielte Golf, und Tobias war Mitglied in einem Schachclub. Beides hätte ihn interessiert, aber keines von beidem wollte er sich leisten. Dafür hatte er ja seine Malawi-Barsche, die ihm die Zeit beanspruchten. Nur… so viel Zeit wie ihm jetzt zur Verfügung stehen würde, wäre mit diesem Hobby nicht zu füllen. Gar keine Frage. So viel nicht. Und weder Mechthild noch Doris, hatten in der Vergangenheit um die Gesellschaft seiner Frau gebeten. Man traf sich immer nur um zum Essen beisammen zu sitzen. Entweder in Tobias dekadenter Prachtvilla – was wiederum eher selten der Fall gewesen war, weil seine Frau diesen Aufwand nicht schätzte – oder in Ohles bürgerlichem Einfamilienhäuschen. Aber bevorzugt bei Lasse und Matilda, weil sie diejenige der drei Frauen war, die am besten kochen konnte. Mehr nicht drin. Wenn Lasse einen anderen Beruf ausgeübt hätte, wären sie niemals zusammengekommen. So viel stand fest. Niemand hätte das zugegeben. Doris war die typische, neureiche Erscheinung, die lediglich die geistige Fähigkeit besaß, auf dem Standesamt zu promovieren. Sie betrieb – vom Geld ihres Gatten gesponsert – eine sündteure Boutique im Kurviertel der Stadt. Doris war dort so eine Art „Frühstücksdirektorin." Sie ließ andere für sich arbeiten, und war selbst ihre beste Kundin im Laden. Matilda wirkte neben dieser sehr mondänen Brünetten schon fast bäuerlich.

Mechthild, die auf Grund der Tätigkeit ihres Mannes, nirgendwo eine Anstellung gefunden hatte, verdingte sich ebenfalls als Hausfrau. Trotzdem konnten ihre Kochkünste, denen von Matilda, das Wasser nicht reichen. Mechthild war eine hochgeschossene, überschlanke Frau Ende vierzig. Sie überragte Matilda um fast einen Kopf. Der harte Mund nur ein Strich, mit nach unten geneigten Mundwinkeln, zeigte Mechthild immerzu einen verbissenen Gesichtsausdruck. Sie konnte tragen was sie wollte, es gelang ihr nicht, die markanten Knochen zu umschmeicheln. Dazu noch das streng zurückgebundene, aschblonde Haar, und die Optik einer garstigen Lehrerin, waren damit nahezu perfekt geeignet, ihr einen distanzierten Ausdruck zu verpassen. Keine der beiden Frauen hatte je mit Lasses Frau etwas unternommen. Kein gemeinsamer Kaffeeklatsch, keinen gemeinsamen Einkauf in der Stadt. Ob Mechthild und Doris sich näher standen, wusste Lasse nicht. Vermutlich eher nicht, denn neben der mondänen Doris, verblasste Mechthild wie eine untergehende Sonne. Seine Frau überspielte jedenfalls die Umstände gekonnt, und ließ sich nichts anmerken. Schließlich waren Tobias und Ohle seine einzigen Freunde. Das wollte sie nicht verderben. Der große Mercedes von Tobias machte sich gut vor dem Haus, wenn sie denn einmal da waren. Die Nachbarschaft konnte den Wagen nicht übersehen. Er parkte immer vor der Garage, in dem die biedere Familienkutsche untergestellt war. Lasse hob den Blick, und sah kurz in die Runde. Er schaffte es nicht, einem Blick standzuhalten, weil er dachte, man könnte ihm seinen Besuch bei Dolores noch ansehen oder anmerken. Scham und Schuldgefühle verdarben ihm das gute Essen.

„Du bist ja so ruhig, Lasse", erkundigte sich seine Frau bei ihm. Was ist denn los mit dir?" Tobias nutzte die Gelegenheit, und schlug in die gleiche Kerbe. Er, als sachverständiger, ärztlicher Gutachter, hatte sofort eine Diagnose parat. „Er ist gerührt vor lauter Glück, weil er jetzt machen kann was er will", polterte er los. Er hielt sich immer für allwissend. Eine Berufskrankheit. Lasse brachte das Gespräch dann auf seine Nachfolgerin, und die künftige Zusammenarbeit die die beiden jetzt erwartete. Alles was er zu erzählen hatte, klang nach einer pausenlosen Entschuldigung darüber, dass er die Stirn hatte, sich verrenten zu lassen. So, als sei es eine echte Schande. Lasses erste Minderwertigkeitsgefühle ließen nicht lange auf sich warten, stellte er sachlich fest. Aber sie gleich am ersten Abend zu erfühlen, damit hatte er wirklich nicht gerechnet. Lasse fühlte sich miserabel. Und er fühlte sich noch schlechter, als ihm ein Licht aufging- ihm klar wurde, dass weder Tobias noch

Ohle, wegen seiner elenden Pensionierung traurig gestimmt waren. Schließlich verloren sie doch einen Verbündeten. Lasse verstand die Welt nicht mehr. Sichtlich nervös stand er auf und wollte aus der Küche noch eine Flasche Wein holen, um sich etwas Atempause zu verschaffen, und um sich abzulenken. Ohle sagte sofort, kaum dass er sich erhoben hatte, dass dies nicht notwendig sei. Sie würden jetzt aufbrechen wollen, der Tag sei sehr anstrengend und arbeitsreich gewesen. Dieses Argument versetzte Lasse einen schmerzhaften Stich. Tobias schloss sich Ohle an, und sagte fast die gleichen Worte wie er. Lasses Einwand, dass doch morgen Samstag sei, übergingen sie beide, so als habe er überhaupt nichts gesagt. Sie ließen ihn stehen wie einen dummen Schuljungen. Nochmals nachzuhaken wagte Lasse nicht. Matilda war diejenige die den peinlichen Satz sagte: „Och bleibt doch noch ein bisschen. Es ist noch nicht einmal zwanzig Uhr. Und einen Nachtisch gibt es doch auch noch." Sie erhielt eine Abfuhr, wie sie sie bisher noch nie erhalten hatte. In der Vergangenheit wurde ihr Nachtisch noch nie verschmäht. Ohne weitere Erklärung standen alle vier Gäste auf, bedankten sich halbherzig, und verschwanden durch die Haustüre, so als seien sie nie da gewesen. Matilda stand mit offenem Mund in der Tür, und war wie vom Donner gerührt. Dieser auffällige, hastige

Aufbruch machte ihr sichtlich zu schaffen. Matilda war gekränkt. Lasse schwer enttäuscht. „Na ja", sagte sie unsicher: „Sie sind ja auch nur deshalb vorbeigekommen weil ich sie so bedrängt hatte. Eigentlich hatten ja beide was anderes vor. Ich will mal nicht so sein und es nicht nachtragen. Nächstes Mal haben sie bestimmt wieder mehr Zeit. Meine Einladung war vermutlich viel zu kurzfristig." Lasse hatte eine ganz andere Ansicht über das Geschehen, wollte aber mit Matilda nicht darüber reden. Ein andermal vielleicht. Nicht heute Abend. *Dem* Abend. Dem Abend ohne Morgen. Schweigend räumten sie den Esstisch ab, und stellten alles in die Küche, in der immer noch der unberührte Nachtisch stand, den niemand hatte essen wollten. Den Rest… hier wieder Ordnung zu schaffen, war Matildas Sache. Um sie nicht zu behindern ging Lasse in den Keller hinab zu seinen Malawi-Barschen. Lasse machte Platz.

Die Agenda greift.

„Was in aller Welt machst du denn da? Wo willst du denn hin", fragte Matilda verschlafen ihren Mann, der schon aufgestanden war. Sie blinzelte zuerst in das leere Bett neben sich, und hob dann ächzend den Kopf etwas an. Die Uhr zeigte erst halb Sieben, und draußen war es noch stockdunkel. Ein Zeichen für viele Wolken, die einen dünnen Schleier über die Region gelegt hatten. Der Oktobermond zog milchig blass am Horizont seine Bahn, und fiel gleich über die Kante hinab, um seine Reise fortzusetzen. Lasse stand am Kleiderschrank, und war gerade dabei, umständlich seinen braun-beige-karierten Pullunder überzustreifen. Er drehte sich um – beide Hände am Kleidungsstück, das ihm-, so halb über den Bauch gezogen, einen lächerlichen Anblick verlieh – und blickte fragend zu seiner Frau. „Mhm…? Wieso? Ich…" Und so langsam dämmerte ihm, dass ihn die Macht der Gewohnheit heimgesucht hatte. Lasse wollte ins Amt, und schämte sich jetzt ein wenig, weil ihm entgangen schien, dass er dort nie mehr wieder hinfahren musste. Um seinen Irrtum zu vertuschen, sagte er zu Matilda: „Ich habe einen Termin bei der Direktorin des Amtsgerichts, weil sie sich persönlich von mir verabschieden wollte. Sie hatte ja am Freitag keine Zeit, war auf einer-

Dienstreise, und konnte nicht dabei sein." Überrascht von seinem plötzlichen Einfallsreichtum, und etwas beschämt von seiner Fähigkeit die Wahrheit zu umgehen, drehte er sich zum Spiegel auf der Kleiderschranktür, und tat so, als wolle er die Korrektheit seiner Kleidung überprüfen. Lasse konnte seiner Frau nicht in die verquollenen Augen sehen. „Ach so", murmelte Matilda. „Na wenn das so ist, dann bis später. Ich schlafe noch eine Stunde." Auf die Frage, wann er denn wieder nach Hause kommen würde, wartete Lasse vergeblich. Er verließ das Haus ohne zu frühstücken, weil Matilda, natürlich nichts am Vorabend bereitgestellt hatte, so wie sie es immer getan hatte, als er noch *wichtig* war. Im neuen Lebensabschnitt angekommen, im Oktober, war dieses Ritual nicht mehr erforderlich. Von nun an würden sie gemeinsam frühstücken. Jeden Tag. Jeden.

Als der Bus an der Außenstelle des Amtsgerichts vorbeifuhr, pochte Lasses Herz so wild, als hätte er die gesamte Strecke zu Fuß zurückgelegt. Absichtlich hatte er sich auf die andere Seite gesetzt, damit ihn nicht auch noch jemand der Kollegen sehen konnte, der vielleicht gerade zufällig auf der Treppe des Eingangs stand, und aus dieser Höhe hätte in den vorbeifahrenden Bus blicken können. Sich verbergen zu müssen, war eine unangenehme Neuerung in Lasses Leben, mit der, er nicht gut umgehen konnte. Was, wenn ihm jetzt jemand von den Kollegen über den Weg lief? Er würde sagen, dass er einen Termin beim Hausarzt hätte, überlegte er angestrengt hin und her. Am Hauptbahnhof stieg er aus und hielt Ausschau, von wo der Bus abfuhr, der ihn ins Kurviertel bringen würde. Zum Laufen war es zu kalt, und es sah danach aus als würde es bald anfangen zu regnen, und Lasse hatte das Haus ohne seinen alten Schirm verlassen. Das war ihm noch nie passiert. Ohne Schirm in dieser Jahreszeit? Für Lasse undenkbar so unbesonnen zu handeln. Die dünnen Schleierwolken verdichteten sich zusehens, nahmen dem Tag das Licht, und Lasse die Zuversicht. Der erste November war bereits morgen, zeigte aber schon heute seine kalte Schulter, machte seinem Namen alle Ehre, und kündigte sich nachdrücklich, schlecht gelaunt und grau in grau, an. Sofort fand er die entsprechende Bushaltestelle an dem der Bus schon stand. Fahrgäste stiegen aus, aber niemand hinein. Er hatte sofort das ungute Gefühl auffallen zu müssen. Ohne den Fahrer anzusehen, kramte er ein wenig Kleingeld aus seiner Manteltasche, und bezahlte wortlos. „Wenn ich doch nur schon da wäre", überlegte er übellaunig. Im Kurviertel liefe er am wenigsten Gefahr, dass ihm dort wer über den Weg laufen würde den er nicht sehen wollte. Nicht heute, nicht an dem Tag, an dem er sich von seiner Gewohnheit hatte verulken lassen, und ins Amt fahren wollte. Die schönste Gegend der Stadt lag schon beinahe am Stadtrand, dort, in Richtung Salinental, dort würde ihm bestimmt niemand begegnen.

Vom Leben streng konditioniert, meldete sich Lasses Magen, und ließ ihn wissen dass er hungrig sei. So schnell würde er sich nicht umerziehen lassen, das stand fest. Er gab diesem fordernden Gefühl nach, und steuerte auf das nächstbeste Café zu, das einen sehr einladenden Eindruck auf ihn machte. Dummerweise hatte es noch geschlossen, es war ja erst halb acht. Arbeitsbeginn im Amt. Keine Zeit für Müßiggang. Frustriert zog er weiter und pilgerte entlang des kleinen Flüsschens in Richtung Kurhaus. Rechter Hand war bereits ein kleines Lokal geöffnet. Froh darüber, endlich ins Warme zu kommen, öffnete Lasse die Tür und trat etwas schüchtern ein. Zu seiner Überraschung war das kleine Café voll mit Menschen, die beschmierte Brötchen- oder Kaffeetassen in Richtung Mund führten, oder sich unterhielten. Gab es tatsächlich so viele Menschen, die sich um diese Uhrzeit ein Frühstück außerhalb gönnten? Wer waren sie? Was arbeiteten sie? Und arbeiteten sie überhaupt? Von Tisch zu Tisch zu gehen und sich zu erkundigen lag ihm fern, dazu fehlte ihm ohnehin die Courage, so verstockt wie sein Wesen sich gab. So etwas außergewöhnliches, indiskretes, wäre ihm niemals in den Sinn gekommen. Eine simple Frage zu stellen, von der Lasse glaubte dass sie privater Natur sei, verursachte ihm schon Beklemmungen in der schmalen Brust. Um nicht zu lange in der Tür stehen zu bleiben und den Blicken der Gäste ausgesetzt zu sein, ging Lasse beherzt auf einen Tisch zu, an dem eine brünette Dame mittleren Alters, ganz alleine saß und frühstückte. „Macht es Ihnen etwas aus, wenn ich mich zu Ihnen setze", fragte er formvollendet und sehr höflich, deutete sogar eine kleine Verbeugung an, und trat nicht zu nahe an der Tisch heran, um die Privatsphäre nicht zu missachten. Die Dame sah ihn aus ihren großen Kuhaugen staunend an, und antwortete: „Dies hier ist ein freies Land mein Herr. Weder der Tisch, noch das Lokal gehören mir, und ich wüsste nicht, wie ich Ihren Wunsch verhindern könnte." Unbeeindruckt von der Verlegenheit, in die sie Lasse mit ihrer käsigen Antwort gebracht hatte, schob sie sich den Rest eines Marmeladenbrötchens in ihren blutrot geschminkten Mund. Wie vom Donner gerührt murmelte Lasse eine unverständliche Entschuldigung und drehte sich um. Er wollte nur noch weg hier. Schnell und ohne Verzögerung. Die Gäste am Nachbartisch hatten die peinliche Szene beobachtet, waren von ehrlichem Mitleid ergriffen, und von dem hilflosen Bild das Lasse ihnen bot, sichtlich gerührt. Ein jüngerer Mann in Anzug und Krawatte, bat Lasse doch einen Augenblick zu warten, sie würden sofort den Tisch freimachen. In diesem Moment kam auch schon die Bedienung mit der Rechnung, und kassierte ab. Lasse bedankte sich bei der Viergruppe, machte erneut die Andeutung eines Dieners, und nahm Platz. Mit Siegesgefühlen in seinem kleinen, gemarterten Körper, nahm er seinen Hut ab, und legte ihn neben sich auf den freien Stuhl. Im Sitzen wurschtelte er seine schlanken Ärmchen aus seinem Mantel und stülpte ihn über die Rückenlehne seines Sitzmöbels. So, als wolle er nicht mit dem guten Stück in Berührung kommen, blieb er auf seinem Mantel sitzen. In Wirklichkeit aber wollte er sich den Weg zur Garderobe nicht zumuten. Der reinste Spießrutenlauf für ihn. Lasse fühlte sich beobachtet. Ein Blick in die Karte der Angebote würde ihn jetzt ein wenig beruhigen. Die Kellnerin kam an seinen Tisch und erkundigte sich nach seinen Wünschen. Lasse bestellte ein belegtes Käsebrötchen und eine Tasse Kaffee. Und jetzt? Wohin mit seinem Blick? Sich umschauen- fremden Menschen in die Augen oder auf ihre Teller? Oder einfach durch sie hindurchsehen, so, wie er es immer machte, wenn er sich unsicher fühlte? Ja. Oder nein, lieber doch nicht. Lasse schoss einen Blick in Richtung der Kuhäugigen Dame ab, so, als wollte er ihr sagen:

„Siehst Du… Einen ganzen Tisch hat man für mich freigemacht. Ganz alleine für mich, Lasse Mocho. Den wichtigsten Mann vom Amt." Dummerweise wurde sein stiller Angriff nicht bemerkt. Die aufgedonnerte Dame war intensiv mit ihrem Frühstück beschäftigt und schenkte ihm keine Beachtung. Als dann seine Bestellung serviert wurde, war Lasse vorerst aus seiner Verlegenheit befreit. Jetzt hatte er etwas woran er sich festhalten konnte. Etwas, was ihm Halt gab.

Am Nachbartisch wurde laut gelacht. Lasse zuckte erschrocken zusammen, und hob seinen Blick. Da saßen zwei ältere Männer – noch etwas älter als er selbst – und unterhielten sich angeregt und sichtlich amüsiert. Die Tische standen so eng beieinander, dass es sich nicht vermeiden ließ, fremde Gespräche zu belauschen. Lasses lebensnotwendige Privatsphäre war hier nicht praktikabel, und deshalb hatten er und Matilda schon vor Jahren entschieden, nicht auswärts essen zu gehen. Er fühlte sich nicht wohl in dieser Umgebung. Matilda, die etwas aufgeschlossener war, bedauerte es zwar hin und wieder, ließ ihm aber seinen Willen, und kochte munter darauf los, in der Gewissheit, dass sie mit jeder zubereiteten Mahlzeit, immer unentbehrlicher geworden war. Das wiederum verlieh ihr die Sicherheit, auch hin und wieder eine Forderung stellen zu dürfen, wenn sie sich etwas

Neues zum Anziehen kaufen wollte. Ohne sich zu beklagen hatte Lasse ihr jeden Betrag ausgehändigt den Matilda forderte. Aber längst nicht aus dem gleichen Grund den Matilda meinte, nein. Sondern weil Lasse ein sehr schlechtes Gewissen wegen Dolores mit sich herumschleppte, und weil er sich Geld aus seinen Nachzüchtungen beiseite geschafft hatte. Im Traum wäre ihm nicht eingefallen einmal nachzufragen, wofür sie denn nun schon wieder hundert Euro haben wollte. Matilda dichtete ihrem Mann dadurch eine nicht vorhandene Gutherzigkeit an. Das war Lasse Recht und billig. Er war ein guter Ehemann.

„Ja genau. Und bevor ich nicht mehr mehr als 10 Tropfen pinkeln kann, will ich noch einmal so richtig über die Stränge schlagen, verstehst du Alfons." Lasse verschluckte sich an seinem Käsebrötchen und hustete, weil er glaubte nicht richtig gehört zu haben. Aber jetzt spitzte er die Ohren, und hörte aufmerksam zu. „Das hört sich interessant an. Darf man wissen, wie und wo du dich auslassen willst? Vielleicht in einem Bordell? Oder eine Pro ... Pro ..., du weißt schon. Diese käuflichen Frauen, die sich sogar auf die Hotelzimmer bemühen, wenn man genügend Scheinchen hinblättert. Mit ohne Kleider an. Du weißt schon Georg. Na wie heißen sie doch gleich." Der Angesprochene lachte schon wieder so laut, dass die anderen Gäste ihre Köpfe nach ihnen umdrehten. Aber das schien ihn nicht weiter zu beeindrucken. „Ha..." polterte er weiter. „Du meinst: Prostituierte, Huren, Nutten, Strichmädchen, was? Ach woher denn. Das wäre mir viel zu teuer." Nun trieb der Tischnachbar aber die Indiskretionen auf den Höhepunkt aller Peinlichkeiten, und Lasse schämte sich alleine schon deshalb, weil er am benachbarten Tisch saß. Er fühlte eine unbegründete Zugehörigkeit, und wurde von seinem schlechten Gewissen regelrecht erstickt. Dieser ungehobelte Tischnachbar führte seine Erklärungen dahingehend aus, dass er seinem Frühstücksfreund ein Geständnis ablegte, welches besagte: Er habe schon seit Jahren ein Verhältnis mit der Frau eines Freundes aus dem Tennisclub. Sie würde nichts kosten, höchstens den Zimmerpreis für eine billige Pension. Lasse war außer sich vor Scham. Mit zittriger Hand griff er nach seiner Tasse Kaffee, und prompt warf er sie um. „Gleich...", so dachte er atemlos- „gleich würde er einen Herzinfarkt bekommen. Die Kellnerin eilte sofort herbei um das kleine Malheur zu beseitigen, und erkundigte sich, ob sie einen frischen Kaffee bringen dürfte. Der ungehobelte Nachbar fiel ihr ins Wort, und bestellte – immer noch lachend – die Rechnung. „Alles zusammen Fräulein", brüllte er sehr unangemessen laut, und rieb sich dabei über seinen üppigen

Bauch. Lasse sackte erleichtert in sich zusammen, und bestellte noch eine Tasse Kaffee.

Nach und nach leerte sich das kleine Café, und es schien, als gäbe es Menschen, die sich vor Arbeitsbeginn ein ausgiebiges Frühstück außer Haus gegönnt hatten. Lasse war beruhigt darüber. Offenbar war der Staat doch noch nicht dabei zu verkommen. Offensichtlich gab es doch noch eine arbeitende Bevölkerung. Alles im Lot. Alles ganz normal. Die Dame mit den Kuhaugen stand auch auf und schwebte mit erhobenem Kopf an ihm vorbei. Sie schenkte Lasse keine Beachtung. Etwas entspannter, entschied Lasse, noch eine Weile zu bleiben. Hier war es warm, und er wusste sowieso nicht wohin er hätte sonst gehen sollen. Sicher schien es auch zu sein. Kein bekanntes Gesicht weit und breit. Ganz in Ruhe widmete er sich der zweiten Hälfte seines belegten Käse Brötchens, und bestellte sogar noch ein weichgekochtes Ei dazu. Heute wollte er einmal großzügig zu sich sein. Heute am ersten Tag seiner neuen Agenda.

Zwei Damen um die Vierzig betraten den Gastraum, und steuerten zielsicher auf den freigewordenen Tisch neben ihm zu, an dem, bis vor ein paar Minuten, noch Ungeheuerliches besprochen wurde. Lasse hob kurz den Blick und entschied, dass er nichts mehr Peinliches zu befürchten hatte. Frauen die so fein gekleidet waren wüssten sich zu benehmen. Da war sich Lasse ganz sicher. Dafür hatte er einen Blick, glaubte er. Mit Genuss löffelte er an seinem Frühstücksei herum, und überlegte, ob er sich noch ein Zweites leisten sollte. Während er noch überlegte, flogen die ersten Gesprächsfetzen der beiden Frauen zu ihm herüber.

„Sie Glauben ernsthaft an das Gute im Menschen? Tatsächlich? Dann hatten Sie in der Tat noch niemals etwas mit Gerichten zu tun, oder? Na Sie werden sich noch wundern meine Liebe. Im Allgemeinen sowieso, und ganz im Speziellen in der Sparte die für Vormundschaften zuständig ist, so wie in Ihrem Fall. Abteilung "Betreuung " nennt sich der Laden. Ja. Laden ... Ein anderes Wort fällt mir dazu nicht ein. Aber hoffen wir einmal, dass es soweit erst gar nicht kommen wird. Wenn Sie denen gleich schreiben, dass Sie mich eingeschaltet haben, und ich Ihr Mandat vertrete, dann sieht sie Sache schon gleich viel besser aus." Lasse bereute sofort seine Nachbestellung, und riskierte einen kurzen, verstohlenen Blick zum Nachbartisch. Die Dame die eben gesprochen hatte musste also eine Anwältin sein. Er kannte sie nicht - Gott sei Dank. Trotzdem, sein Magen fühlte sich schlagartig so an, als hätte er eine ganze Wagenladung heißer Steine verputzt. Innerlich legte er für sich selbst ein Gelübde ab, dass er nie wieder ein öffentliches Lokal oder Café betreten würde. Seine Dankbarkeit, die Frau *nicht* zu kennen, uferte in tiefe Demut aus. Er machte sich auf seinem Stuhl noch kleiner als er ohnehin schon war. Vorsichtig drehte er seinen Kopf etwas weiter nach rechts, um zu sehen, wer die andere Frau denn sei. Er kannte sie nicht. Nie gesehen. Sichtlich erleichtert atmete er ganz tief aus, wobei, ihm ein Stückchen vom Eiweiß aus dem Mund huschte, und an der neuen Kaffeetasse kleben blieb.

„Man hört und liest hin und wieder von Fällen, wenn Familien in die gnadenlosen Fänge der sogenannten Sachbearbeiter geraten…", hörte Lasse die andere, unbekannte Frau sagen. Ihm blieb nun nichts anderes übrig, als entweder diskret zuzuhören, oder auf der Stelle den Raum zu verlassen. Aber wie hätte das ausgesehen, wenn er fluchtartig bezahlt- und den Raum verlassen hätte. Hätte ihn das nicht gerade *deshalb* besonders auffällig gemacht? „Kaum jemand – mich selbst inbegriffen - interessiert sich dafür", redete sie weiter. „Jedenfalls solange nicht, bis man selbst das Vergnügen hat. Das ist mir auch klar, Frau Doktor Wilnius. Dann spätestens, wird man seinen Glauben an das Gute im Menschen ordentlich und neu überdenken. Ich hoffe wirklich, dass mir das erspart bleibt. Und nochmals vielen Dank dafür, dass ich Sie zu einem Vorgespräch in dieses Café entführen durfte. Zuhause kann ich nicht offen reden. Jedenfalls nicht solange meine Mutter zu Besuch da ist. Ich habe mir auch überlegt: Man muss schon über einen gesunden Sadismus verfügen, um überhaupt dort zu arbeiten. Frei von Empathie ... das ist vermutlich die Grundvoraussetzung um überhaupt eingestellt zu werden auf diesen Ämtern. Immer diese auslegungsfähige, für uns undurchsichtige Gesetzgebung im Rücken, darf diese besondere Menschengattung sich hinter ihren Schreibtischen verschanzen, und die Muskeln spielen lassen. Immer das Heere Ziel vor Augen, die *lieben Alten*, denen man nach ihrer Mündigkeit trachtet, ordentlich abzuzocken. Ihnen noch das bisschen wegzunehmen, was sie sich hart im Leben erarbeitet haben. Das ist einfach unglaublich. Ich weiß das auch, nur man will es irgendwie immer nicht wahrhaben, obwohl man es immer öfter liest, oder im Fernsehen sieht. Diese Leute rechnen mit sicherer Gewissheit damit, dass Betroffene und Angehörige sich nicht zu Wehr setzen, weil sie allesamt eine große Behördenangst haben, wenn ihnen mit größtem Vergnügen dieser Sachbearbeiter, genüsslich der Gar ausgemacht wird. Man geht mit Gewissheit davon aus, dass kaum jemand seine natürliche Scheu vor Behörden und Titeln überwindet, und sich zur Abwehr rüstet, oder das Geld aufbringt sich einen Rechtsanwalt zur Hilfe zu holen. Ich weiß das wirklich auch, Frau Doktor

Wilnius. Deshalb sitzen wir ja hier. Ich jedenfalls, will nicht zu ihnen gehören. Sie sind mir das Geld wert, was ich aufbringen muss um mich zu wehren." Lasse wäre zu gerne auf der Stelle tot gewesen. Er hielt ein stilles Grab für den einzigen Ort auf der Welt, wo man wirklich seine Ruhe hatte. „Ja", setzte die Anwältin das Gespräch fort. „Ungerührt von Vetos-, egal welcher Art, setzt sich die schwerfällige Gangart des Amtsschimmels, stoisch in Bewegung. Unaufhaltsam schreitet er vorwärts, und ist sogar zu einem Arbeitstrapp in der Lage, wenn er Geld wittert. Wer sich ihm in den Weg stellt, der bekommt es sofort mit einem Gutachter- einem gefügigen ärztlichen Sachverständigen zu tun, der bereitwillig die Hand aufhält. Zuverlässige Lieferanten sind das, diese Sachbearbeiter. In den meisten Fällen ist es ein verbrüderter oder sogar befreundeter Arzt, der ungeniert diesem Amtsschimmel zuarbeitet. Ob man hier, tatsächlich von Arbeit und Sorgfaltspflicht reden kann, sei einmal dahingestellt. Auch wenn er – der emsige Gutachter - nicht tätig wurde..., in der Rechnung die Ihnen dann ins Haus flattert, wird er – dieser Schurke, der die Möglichkeit einer Genesung gänzlich negiert - ganz sicher erwähnt, wenn es keiner kontrollieren kann. Und sei es auch nur, dass eine nie stattgefundene Krankenakten-Einsicht stattgefunden haben soll, die niemand überprüfen kann.

Es geht ja schließlich um Geld. Viel Geld. Vergessen Sie das nicht Frau Reebe. Hier geht es *nur-* und ausschließlich ums Geld. Um nichts anderes. Nicht, wie irrtümlich viele meinen, um das Wohl der *lieben Alten*. Oder dachten Sie naiver Weise es ginge um das versorgen von Menschen? Oh bitte. Tun Sie das nicht. Gehen Sie Ihrer eigenen Gutgläubigkeit nicht auf den Leim. Bleiben Sie auf der Hut, bleiben Sie skeptisch. Gehen Sie lieber davon aus, dass man Sie per Gesetzt um Ihr Bestes erleichtern will. Ihr Geld. Ach, das sagte ich ja schon. Sie haben sich schon ganz richtig entschieden mich hinzuzuziehen. Sicher ist sicher. Natürlich gibt es auch eine Reihe Angehörigen, die im Interesse ihrer Lieben-, oder auch nicht im Interesse derer, eine bequeme Entmündigung anstreben. Aber darum geht es hier nicht. Das geht uns nichts an. Sollen diejenigen das mit sich selbst, und mit ihrem eigenen Gewissen ausmachen, sofern sie so etwas überhaupt besitzen. Wenn sie sich ihrer Eltern entledigen wollen, wie sie es nicht abwarten können endlich zu erben, sollen sie es ruhig tun. Eines Tages wird es sich rächen. Daran glaube ich ganz fest. Wir sitzen aber jetzt hier, weil wir genau das Gegenteil erreichen wollen, Frau Reebe. Verlassen Sie sich darauf. Ich werde den Brüdern schon ordentlich einheizen. Warten Sie ab. Und jetzt zeigen Sie mir doch bitte einmal die Schriftstücke, die Sie…

„Die Rechnung bitte, Fräulein", rief Lasse mit zittriger Stimme. Sein zweites Frühstücksei stand unberührt vor ihm auf seinem Teller. Keine weitere Minute würde er noch länger hier bleiben. Am Ende verlor er noch die Fassung und mischte sich unbesonnen in dieses unverschämte Gespräch ein. Wie seine Chancen stehen würden, gleich gegen zwei Frauen zu argumentieren, dass konnte er sich an fünf Fingern abzählen. Die meisten Frauen sind doch seit dieser lästigen Emanzipation längst dem konstantinischen Größenwahn anheimgefallen. Glauben von sich selbst immer alles besser zu wissen, erklären zu können, zu rechtfertigen, und ihre Erklärungen so darstellen und interpretieren zu dürfen, dass es am Ende irgendwie passte. Gegen dieses unqualifizierte Halbwissen-, gegen dieses intrigante Geseiere, fühlte er sich zutiefst machtlos. Dagegen war er allergisch. Lasse rebelliert innerlich. Leise, so, dass man es von außen nicht hören- oder sonst irgendwie wahrnehmen konnte. Eilig streifte er seinen Mantel über und bezahlte stehend seine Rechnung bei der Kellnerin. „Meine Uhr ist stehengeblieben", rechtfertigte Lasse sich vor der Bedienung, die ihn etwas überrascht ansah. „Ich muss mich beeilen, ich habe noch einen wichtigen Termin", sprach er, gab noch zwei Euro Trinkgeld, und war durch die Tür verschwunden ehe sie sich versah. Wenn Lasse gewusst hätte, wie wenig sich Menschen für andere Menschen interessieren, wäre er ein wenig langsamer gelaufen. Lasse wollte natürlich auch unbedingt den Eindruck eines sehr beschäftigen Mannes hinterlassen. Lasse ging zurück in Richtung Bahnhof. Obwohl es schon ganz leicht nieselte wollte er lieber keinen Bus benutzen. Es galt Zeit zu schinden. Bloß jetzt noch nicht zu Matilda nach Hause fahren. Dort wäre er noch den Rest seines Lebens. Ob er nun wollte oder nicht.

Lasse stand am Geländer des Flussufers, und blickte traurig auf das träge dahinfließende Wasser. Welke Blätter trieben schlaff auf der braungrünen Brühe, die rechts und links-, mitten im deutschen Wirtschaftswunder, durch Mauern gebändigt und kanalisierte worden war. Obwohl er an der vorausgegangenen Situation gänzlich unbeteiligt gewesen war, fühlte er sich persönlich angegriffen. „Ja", dachte er etwas wehmütig und verunsichert. „Es ist wirklich so, wie ich es mir niemals vorgestellt habe. Am Freitag hat man mich meiner Würde beraubt, und heute nehmen mir fremde Menschen den Sinn meines ganzen langen Arbeitslebens. Den Sinn meines Lebens überhaupt." Unter der Last seiner Gedanken hob er den Kopf und betrachtete die Bäume die in Reih und Glied am Ufer standen. An den Lindenbäumen die das Flussufer säumten, waren kaum noch weitere Blätter an den Ästen. Nur die Trauerweiden hatten bisher noch nichts von ihrem Schmuck abgeworfen. Der bevorstehende Winter schien in diesem Jahr früh dran. Der geschundene Pensionär machte seinen Rücken gerade und gab sich einen Ruck. „Jetzt bloß nicht die Pferde scheu machen lassen", sinnierte er wütend vor sich hin, und ging mit großen Schritten in Richtung Kornmarkt weiter. Am Ende, der im Laufe der Jahre unattraktiv gewordenen Marktfläche, die ihr hübsches, gemütliches Altstadtgesicht durch einen wuchtigen Neubau verloren hatte, befand sich eine Buchhandlung. Am Schaufenster blieb Lasse stehen, und beäugte die Auslagen. Kaum zu glauben, wie viele Bücher darin angeboten wurden, die sich mit nichts anderem beschäftigten, als der Suche nach dem Sinn des Lebens. Natürlich auch eine ganze Menge von diesem Esoterik-Müll. Aber ein Buch stach heraus, und fesselte seinen Blick. Der Titel dieses Buches machte ihn neugierig. Wenn der Titel sich mit dem Inhalt des Buches deckte, dann befand sich dort jemand auf einer Reise nach Hause. Und nach Hause zu reisen bedeutete doch nichts anderes, als ins Himmelreich-, ins Paradies heimzukehren, vermutete Lasse. Vielleicht ist dieses Buch so eine Art Betriebsanleitung zum Sterben. Was sonst sollte es sein. Fest entschlossen, sich darüber zu erkundigen, betrat er den Laden und hielt nach einer Beratung Ausschau. Ohne Hilfe würde er sich alleine hier nicht zurechtfinden. Autoren musste es geben, wie Sand am Meer. „Die Menschheit hat viel Zeit zum Lesen", grübelte Lasse misslaunig. Schon wieder sah er das wirtschaftliche Wachstum des Staates in infrage gestellt. Wer viel liest hat viel Zeit. Zeit in der man nicht arbeitete. So war es doch. Faules Pack allesamt. Eine bebrillte, ältere Dame der Biofraktion sprach Lasse von hinten an, und fragte ihn, ob sie ihm behilflich sein durfte. Lasse - heute etwas schreckhaft unterwegs - zog ruckartig das Genick ein, als würde ihm in der nächsten Sekunde etwas Imaginäres auf den Kopf fallen. „Oh...", stotterte er ganz verdattert. „Ähm... Ja. Ich... Also ich würde gerne wissen, was es mit diesem Buch dort im Schaufenster auf sich hat. Wie ist der Titel zu verstehen, und vielleicht kennen Sie den Inhalt des Werkes." Sachkundige Augen blickten ihn abschätzend an, und entschieden, dass man hier einen Kunden vor sich hatte, der nicht gerade sehr belesen war, und ganz sicher zu Hause keinen Computer stehen hatte. Einen echten, zurückgebliebenen, wahrhaften, nicht von der Technik versauten Menschen. Ein potenzieller Leser unter Umständen. Das machte Hoffnung. Aber nur *ein* falsches Wort - und man konnte unter Umständen diesen Neuling für immer und ewig von hier verjagen. Heutzutage ließ sich sogar die ältere Kundschaft in den Bann des Online-Shoppings hineinziehen. Und sei es auch nur, durch die Unterstützung der Enkelkinder. Man musste bannig auf der Hut sein, und die Wenigen die geblieben sind, wie rohe Eier behandeln. "Ob Sie dann bitte so freundlich sein wollen, mir zum Schaufenster zu folgen, um mir Ihren Buchwunsch zu zeigen?" Die Dame machte einen angedeuteten Knicks, wies mit dem rechten Arm des Weges, und legte den Kopf etwas schräg. Die vorgespielte Höflichkeit verschaffte Lasse etwas mehr Selbstbewusstsein. Sicheren Schrittes ging er voraus. „Dieses hier", sagte er, und deutete auf besagtes Buch. „Ah, ja", zwitscherte Frau Bio-Brille. „Eine sehr, sehr gute Wahl. Ein ausgezeichneter Schriftsteller dieser Carroll. Er hat den Sinn des Lebens verstanden, und lässt uns Leser daran teilhaben." Lasse jubilierte innerlich. Was hatte er doch für ein ungemeines Glück, sich zu einem Besuch in diesem Geschäft, entschieden zu haben. Genau die richtige Entscheidung. Und dann passierte der Ober Gau. Von Lasses verzückter Miene inspiriert, ließ sich die Buchverkäuferin zu weiteren Ausführungen hinreißen. Als Versinnbildlichung sei der Inhalt dieser ausgezeichneten Literatur zu betrachten, referierte sie. Die Szenen seien allesamt als Metaphern zu verstehen, und es sei von großem Nutzen wenn man wüsste was Metaphern denn überhaupt seien. Nicht jeder sei im Umgang mit Metaphern geübt. Schlimmstenfalls könne man sie sogar missverstehen. Eine philosophische-, manchmal sogar spirituelle Angelegenheit, wäre diese Sache mit den Metaphern. Und am Ende ihrer Ausführungen – zwischenzeitlich war Lasse etwas angepisst, weil sie ihm in gewisser Weise doch eine Portion Dummheit unterstellt hatte – landete sie mit einer ehrlichen Schilderung dann vollkommen im Abseits. „Genau genommen ist es ein Märchen für Erwachsene", verstehen Sie was ich meine?" Dies war dann das Ende der so vielversprechenden Beratung in Sachen Bücher. Lasse vergaß den Mund zu schließen, und sah sie durch die Brille an, als hätte die Dame versucht, ihm seinen eigenen Mantel zu verkaufen. Konsterniert trat er einen halben Schritt zurück um einen besseren Überblick zu haben. Schließlich überragte die engagierte Verkäuferin ihn um einen halben Kopf. „So", fauchte Lasse die verdutzte Frau an. „Ein Märchen für Erwachsene sagen Sie also. Aha. Ein Märchen. So, so. Man lernt doch nie aus. Bis dato war mir nicht bekannt dass Erwachsene Märchen lesen. Ich setze auch voraus, dass die meisten Menschen für so einen Nonsens überhaupt keine Zeit in ihrer Agenda haben. Und Sie wollen mir diesen Unfug ans Herz legen? Da irren Sie aber gewaltig. Mit mir nicht. Guten Tag die

Dame. Ich bin für heute in Sachen Märchen bereits umfangreich bedient." Lasse griff nach seinem Hut, zog ihn knapp um einen Diener anzudeuten, und drehte sich auf dem Absatz um. Ein paar Schritte weiter, dort wo man ihn vom Buchladen aus nicht mehr sehen konnte, blieb er stehen und fasste sich kurzatmig ans Herz. Es war wohl besser wenn er jetzt zu seiner Frau nach Hause fuhr. Sein Ausflug drohte zum Desaster zu mutieren. Ganz schön dumm von ihm, dass er heute Morgen seinen Irrtum vertuscht hatte, und sich überhaupt auf den Weg in die Stadt begab. Nur einfach hier, so gänzlich ohne Ziel vor Augen, herumzulaufen, das war nicht seinem Geschmack entsprechend. Und dann auch noch leichtsinnig frühstücken zu gehen, und dem Geschwätz fremder Menschen ausgesetzt zu sein, das sollte tun wer wollte. Er nicht. Daran könnte er sich niemals gewöhnen. Er brauchte Strukturen und Ziele die einen Sinn ergaben. Vorgaben, an die man sich halten konnte. Vorgaben, die dem Leben einen Sinn verliehen. Vorgaben, die einem nicht verantwortungslos im freien- oder viel schlimmer noch... in einem rechtsfreien Raum herumbaumeln ließen, und einem das letzte Quäntchen Selbstsicherheit entrissen. Dies barg doch letztendlich unkalkulierbare Gefahren in sich. Kein Wunder dass sich die gesamte Welt in einer sehr gefährlichen Schieflage befand. Diese ganze lebensnotwendige Disziplin... die war doch beim Teufel. Durch Lasses Körper zuckte ein angewidertes Schütteln. Noch einmal gab er sich einen Ruck, und setzte – jetzt endlich ein Ziel vor Augen - seinen Weg fort. Er ging zurück zum Bahnhof, um viel lieber wieder nach Hause zu fahren. Sein unbeabsichtigter Ausflug, den er unfreiwillig angetreten hatte, nur weil er zu stolz gewesen war vor Matilda seinen Irrtum einzugestehen, hinterließ einen bleibenden Eindruck. Die schamlose Menschheit, die, die er heute zu Gesicht bekommen- und ihr gezwungener Maßen zugehört hatte, die würde sich eines Tages noch wundern. Mit solchen Vorbildern konnte aus der heutigen, aufsässigen, fordernden, dummen und stinkfaulen Jugend nicht viel werden. Vorausgesetzt sie bekämen es nicht mit, weil sie mit geneigten Köpfen durch die Fußgängerzone pilgerten, und auf ihre technischen Befriedigter glotzten.

Traum oder Trauma.

Der eher zufällige Blick in den Kalender ver-
hieß nichts Gutes. Einerseits raste die Zeit an Matilda vorbei, aber in Bezug auf die neuen Lebensumstände schien sie stehengeblieben zu sein. Matilda wurde langsam nervös, und schlug sich mit
all den Befürchtungen herum, so, wie sie es immer
tat, seit die erwachsenen Kinder aus dem Haus
waren. Weihnachten stand in weniger als vier Wochen auf dem Plan. Die Wiederholung, der Wiederholung, der Wiederholung. Eigentlich müsste
sie über eine gelassene Routine verfügen, und
trotzdem machte sie immer einen riesen Aufstand
um dieses Fest. In diesem Jahr kam noch erschwe-
rend hinzu, dass sie mit ihren Nerven am Ende
schien. Die ständige Anwesenheit ihres Mannes
hatte ihren kompletten Rhythmus auf den Kopf
gestellt. Überall mischte er sich plötzlich ein, wollte ihr zur Hand gehen, stand ihr im Weg herum,
und war sofort beleidigt, wenn sie ihn bat, sich
doch viel lieber um seine Fische zu kümmern. Dieser depressive, leidende Gesichtsausdruck trieb sie
in den Wahnsinn. Ihr Mann machte doch tatsächlich ein Requiem aus seinem Ruhestand. Solange
sie vormittags im Haus beschäftigt war, ging es
noch zu ertragen. Aber nachmittags, wenn sie für
gewöhnlich die Füße hochlegte um endlich zu le-

sen, schlich er um sie herum, und schickte vorwurfsvolle Blicke in ihre Richtung. Er habe überhaupt keine Kenntnis davon gehabt, dass sie sooo viel lesen würde, hatte er gestern zu ihr gesagt. Ein Vorwurf, keine Frage. Und ob sie nicht befürchten würde, dass diese ausgiebige Ruhe dazu beitragen könnte, weiterhin an Gewicht zuzulegen. Bisher habe er voller Überzeugung gedacht, dass die Instandhaltung des Haushaltes, und die Zubereitung des Essens, viel mehr Zeit in Anspruch nehmen würde. Sie habe doch eigentlich ein schönes Leben gehabt, während er sich auf dem Amt die Seele aus der Brust gearbeitet hätte. Matilda musste an sich halten um ihm nicht eine dumme Antwort zu geben. Ihr war sehr wohl bewusst, dass ihr Mann sie für eine dumme, naive, und nun auch noch faule Hausfrau hielt, die eines Tages ungebildet in die Grube springen würde. Aber da irrte er sich. Matilda las wirklich viel. Sehr viel. Und sie las keinen Schund, sondern Bücher, aus denen sie etwas für sich mitnehmen konnte. Wäre sie damals nicht so erpicht auf soziale Sicherheit gewesen, dann hätte sie ihren Mann vermutlich vor sechsunddreißig Jahren – eineinhalb Jahre nach der Eheschließung - verlassen. Diese Gedanken gingen Matilda jetzt durch den Kopf. Damals bestanden berechtigte Gründe es zu tun. Aber Matilda hatte Angst vor diesem Gerede welches sie damit ausgelöst hätte.

Skrupel ihren Eltern gegenüber, die sie sehr liebte, und die nun schon lange tot waren. Die Mutter war an Bauchspeicheldrüsen-Krebs, ganz unverhofft und sehr plötzlich gestorben, ihr Vater an gebrochenem Herzen gleich hinterher. Ihre Eltern hatten sich wahrhaftig geliebt. Je weniger sie besessen hatten, umso größer wurde ihre zuverlässige Zuneigung zueinander. Und Matilda? Angst vor der Armut, die sie aus ihrem Elternhaus kannte, sie war geblieben, und machte das Beste aus ihrem Leben, in dem die Gewohnheit, die einstige, kleine Liebe längst abgelöst hatte. Den letzten Lebensabschnitt hatte sie allerdings gehörig unterschätzt. Er – ihr geschätzter Ehemann, den sie immer vor Angriffen von anderen Menschen verteidigt hatte - ging ihr gewaltig auf die Nerven. Ihre einzige Freundin die sie hatte – sie hieß Eva, und arbeitete in der städtischen Bibliothek – besuchte sie nicht mehr wenn Lasse zu Hause war. Vor sieben Jahren - Matilda feierte ihren Geburtstag ausnahmsweise zusammen mit ein paar Gästen - hatte Lasse sich ihr gegenüber schlecht benommen. Mit offensichtlicher Ignoranz war er ihr begegnet. Wozu sie eine Frauenfreundschaft brauchen würde, wollte er wissen. Aus einer Freundschaft zwischen Frauen sei doch noch nie etwas Gutes herausgekommen. Im Grunde war er zutiefst eifersüchtig, weil Matilda mit ihrer Freundin lachen

Konnte. Das passte ihm nicht. Er mutmaßte dass sie über ihn lästerten, und setzte alles daran, den Eindringling zu vertreiben. Eva, machte Matilda gegenüber keinen Hehl daraus, dass sie Lasse nicht ausstehen konnte. Ohne Rücksicht auf ihre Freundin, bezeichnete sie ihn als vertrockneten Bürohengst. Sie ging sogar so weit, dass sie ulkte, Lasse sei nicht einmal ein Hengst, er sei ein Büro-Zwergpony. Matilda lachte zwar über die Späße von Eva, aber wenn sie ganz ehrlich zu sich selbst war, dann schmerzte sie dieser Umstand sehr. Sie hätte es lieber gesehen, wenn alle als zwei Paare zusammengekommen wären, und eine kleine Freundschaft gepflegt hätten. Aber Evas Mann war nur ein Arbeiter bei den Michelin-Werken. Er war natürlich weit unter Lasses Würde. Eine Freundschaft wäre nie zustande gekommen. Als Mitglied des Proletariats bezeichnete Lasse Evas Mann. Er hielt sich selbst schon immer für etwas Besseres. Matilda beließ es dabei. Vielleicht war es sogar besser, wenn sie sich mit Eva regelmäßig in der Bibliothek traf, und sie dort, ganz für sich alleine hatte. Und Neuerdings? Neuerdings fing er sogar an mit ihr zu streiten. Streit gab es in der Vergangenheit immer nur dann, wenn es um die Kinder gegangen war. Diese Zeiten waren längst überstanden und vorbei. Neuerdings begleitete Lasse sie beim Einkauf, und belästigte sie mit seinen

Klugscheißereien, wenn er, einen alternativen Artikel fand der ein paar Cent günstiger ausgezeichnet war. Es gäbe überhauptkeine Qualitätsunterschiede zu den sogenannten No-Name-Artikeln wollte er seiner Frau weismachen. Das sei alles nur Politik. Nur Mache, mit einem penetranten Appell an den dummen, markenbewussten Kunden. Mehr nicht. Außerdem könne er überhaupt nicht verstehen, warum Käse so unverschämt teuer sei, wo doch die Milch, unter der Knute des gesetzlich vorgegebenen Preises-, eher günstig daher kam. Es sei wohl gescheiter wenn man in Zukunft mehr nahrhafte Wurst essen würde. Matilda stelle die Ohren auf Durchzug. Etwas anderes blieb ihr auch nicht übrig. Sie bedauerte sehr, dass ihr geliebter Sohn in Südfrankreich wohnte, der sich dort, als Friseur einen Namen gemacht hatte. Mit ihm verstand sie sich nämlich prächtig. Zu gerne hätte sie ab und an einfach die Biege gemacht, um ihren „Engel" wie sie ihn nannte, zu besuchen, und für ein paar Stunden die Tapeten zu wechseln. Aber Südfrankreich? Der Weg war entschieden zu weit. Lasse weigerte sich von Anfang an dorthin zu fahren. Er hatte seinem Sohn bis heute nicht verziehen dass er schwul ist, und war mehr als froh darüber, dass der Sohn, nicht irgendwo in Deutschland wohnte. Zu ihrer Tochter, die mit ihrer Familie im benachbarten Landkreis wohnte, hatte Matilda ein eher unterkühltes Verhältnis. Sie war die überschlaue Besserwisserin, die ganz alleine, auf der großen weiten Welt etwas von Kindererziehung verstand. Sie musste Arbeit und Familie nicht unter einen Hut bringen, weil ihr Mann, mit der von seinen Eltern übernommenen Kanalreinigungsfirma, eine Menge Geld scheffelte. Obwohl Lasse diversen Berufszweigen eher intolerant gegenüber stand, sagte er zur Ehe seiner Tochter keinen Ton der Kritik. „Geld stinkt nicht", war damals sein einziger Kommentar, der Matilda mehr als überrascht hatte. Wenn der große Mercedes-Van seines Schwiegersohnes vor der Haustür parkte, schwoll seine schmale Brust voller Stolz. Lasse hätte niemals zugegeben, dass er heimlich ganz froh darüber war, dass die Tochter fast siebzig Kilometer weit weg wohnte. Von den Nachbarn, oder seinen beiden Freunden und früheren Kollegen, wusste niemand dass sein Schwiegersohn sein Geld damit verdiente, in dem er Scheiße durch die Gegend kutschierte. Und selbstverständlich wurde die Veranlagung seines Sohnes totgeschwiegen. So sieht es aus. Wasser predigen, und Wein trinken.

Heute Morgen, als Matilda nach einer unruhigen Nacht – sie hatte kaum geschlafen – aufwachte, stützte sie ihren Kopf auf ihren Unterarm, und betrachtete ihren schlafenden Mann. Mittlerweile – so schien es - hatte Lasse sich etwas an den neuen

Rhythmus gewöhnt, und stand nicht mehr in aller Herrgottsfrühe auf, um dann in der Küche, unbeholfen und möglichst laut, sein Frühstück zu machen, das Matilda sich ab sofort weigerte, schon am Vorabend – wie bisher gewohnt – vorzubereiten. Schließlich habe man ja nun die Zeit gemeinsam zu frühstücken. Und um sieben Uhr in der Frühe brauchte man auch noch keinen Hunger zu haben. Jedenfalls nicht mehr wenn man sich im Ruhestand befindet. Stück für Stück löste sich Lasse von seinen alten Gewohnheiten. Aber er tat sich schwer damit. Sehr schwer. Matilda hatte die Nachtischlampe eingeschaltet, um nicht zu stolpern, weil sie sich leise hinausschleichen wollte, um zur Toilette zu gehen. Aus irgendeinem Grunde hatte sie ihren Mann betrachtet. Warum, dass wusste sie selbst nicht. Er lag mit hochgezogenen Schultern auf der Seite und wandte ihr sein Gesicht zu. Auf seinem Kopfkissen war der altbekannte Spucke Fleck zu sehen. Lasse sabberte im Schlaf. Und neuerdings beklagte er sich bei seiner Frau, dass sie sehr laut schnarchen würde. Das hatte ihn in der Vergangenheit nicht gestört, denn wenn es wirklich so war, dann tat sie es vermutlich schon länger. Matilda sah ihn nachdenklich an, erinnerte sich an den sinnigen Text in ihrem Buch das sie gerade las, und überlegte: „Wann haben wir uns nur aus den Augen verloren lieber Ehemann? Was war geschehen, das die Wahrnehmung sich blind stellte, und die Ödnis zu Gähnen anfing. Ab wann, wurde die Berührung zur Pflicht? Oder überhaupt nicht mehr vermisst, oder begehrt? Wer hat den Anfang gemacht, oder war es eine Symbiose gleichermaßen? Gab es überhaupt je eine Liebe zwischen uns, die ganz offensichtlich verloren scheint? Oder war es nie dagewesen, dieses Gefühl der Glückseligkeit, der Begehrlichkeit. Wie soll ich noch werden, wie soll ich noch sein, wenn ich längst nicht mehr bin? Weniger noch als ein Sack voll Konventionen mit denen du mein ganzes Leben überschüttet hast. Reglementiert bis in die letzte Zelle meiner Seele." Matilda fühlte sich in diesem Moment, als sei sie lebendig begraben. In zwei Monaten würde sie sechzig Jahre alt werden, und führte jetzt – seit ein paar wenigen Wochen – schon das Leben einer alten Frau. Vorsichtig hätte sie sich gerne gefragt, ob sie Ekel empfand, während sie ihn so betrachtete. Doch bis dahin reichte der Mut ihrer Gedanken nicht aus. Um dieses Gift machte Matilda, schon ein ziemlich langes Leben lang, einen nicht enden wollenden, großen Bogen. Soweit die Schwingungen dieser Gedanken sie trugen, sprang sie auf, und lies sich, von dem dringenden Bedürfnis zur Toilette zu müssen, schleunigst davontragen. Matilda fürchtete ihre eigenen Gedanken, wie der Teufel das Weihwasser. Sie konnte sich nicht mehr daran erinnern - zu lange was es schon her - dass sie sich darauf freute, dass ihr Mann nach Hause kam. Auf den Geruch, der sie dann empfing, schon beim Öffnen der Haustür, und wenn er an der Garderobe stand, und seinen Mantel ablegte. Diese wonnige Ungeduld, diese Freude, die sich in den Lenden wie ein heißes Tuch ausbreitete, das hatte sie für ihren Mann niemals empfunden. Von Anfang an nicht. Und die vielen Bücher die Matilda all die Jahre über – ohne das Wissen ihres Mannes – gelesen hatte, waren dafür verantwortlich, dass sie ein völlig anderes Ich-Gefühl entwickelt hatte. Ihre Sichtweise hatte sich gefährlich verschoben, sie hatte sich vorwärts entwickelt, und war ihrem Mann schon vor vielen Jahren, gefühlsmäßig entglitten. Was noch übrig geblieben war, hatte keine große Bedeutung mehr. Das Bündnis ihres Lebens würde in einer Beziehung enden, die man getrost als Geschwisterehe bezeichnen konnte. Diese Taubheit wurde ihr jetzt erst so richtig bewusst. Jetzt – seit ihr Mann nicht mehr arbeiten ging, und vierundzwanzig Stunden an Tag um sie herum schlich. Was sie – Matilda die bescheidene Ehefrau - noch zu erwarten hatte, diese gefährliche Frage brauchte Matilda sich nicht zu stellen. Schließlich trug sie den gleichen Anteil an dieser Schuld des sich aus den Augen Verlierens. Sie selbst, war die eine Hälfte von Zwei. „Es gibt nun einmal nichts Richtiges im Falschen", erkannte sie traurig, und aus dieser Erkenntnis gestärkt, zugleich. In ihrer jetzigen Lebenssituation, an der sich in Zukunft vermutlich nicht viel ändern ließe, blieben alle positiven Superlative auf der Strecke. Es gab immer zwei Wege musste sie sich immerhin eingestehen. Gehen oder bleiben. Aber sie hatte da so eine Idee, mit der sie schon längere Zeit schwanger ging.

„Du bist ja schon auf", gähnte Lasse, ohne sich die Hand vor den Mund zu halten. „Es ist doch erst halb acht. Wollten wir nicht in Zukunft wenigstens bis um acht schlafen? Du hast doch so darauf gedrängt, und nun hockst du hier schon herum. Was machst du überhaupt? Nichts wie ich sehen kann. Nicht einmal Frühstück." Matilda sah die kleine Statur ihres Mannes an, und dachte: „Es ist schon fast ein Wunder, in was für einer kurzen Zeit, er um Jahre gealtert scheint. Wie ist das nur möglich?" Sie schluckte ihren Gedanken wie einen großen Brocken hinunter, und sagte: „Ich will heute Vormittag die restlichen Dinge für Weihnachten einkaufen gehen, bevor die Geschäfte zu voll mit Menschen werden, die auf den letzten Drücker noch ihre Besorgungen machen. Deshalb bin ich etwas früher aufgestanden. Ich mache sofort Frühstück. Geh du nur schon ins Bad. Bis du fertig bist, bin ich es auch." Lasse legte seine graue Stirn in

Falten, und meinte: „Aha… Du legst also auf meine Begleitung keinen Wert, wenn ich dich recht verstanden habe. Meine umsichtige Auswahl der Lebensmittel ist dir wohl nicht wichtig, was?" Nun war es soweit. Matilda platzte der Kragen. Den lieben, oberflächlichen Frieden zu wahren, nur weil in vier Tagen Weihnachten vor der Tür stand, hätte ihr die Luft abgedrückt. Sie stand auf und stützte sich zur eigenen Festigung am Küchentisch ab. „Ich will dir mal was sagen, lieber Lasse. In den letzten sechsunddreißig Jahren bin ich in diesem Haushalt, den du großzügiger Weise meinem Kommando überlassen hast, ganz gut zurechtgekommen. Ich habe niemals unbedacht dein hart verdientes Geld verschwendet, und als Frau an deiner Seite, auch keine hohen Ansprüche gestellt. Ich bin mit allem was du mir als Mann zu bieten hattest immer zufrieden gewesen. Egal mit was… Ob das die langweiligen Urlaube in Dänemark, in Tobias Haus- oder der alljährliche Ausflug in den Schwarzwald waren, indem du dich ja angeblich als Kind so wohl gefühlt hast. Mit der Tatsache, dass wir niemals ausgehen, Essengehen, oder außerhalb der Reihe einmal etwas unternehmen, habe ich mich längst abgefunden, und mich nie beschwert. Dass ich nicht arbeiten gehen musste, war längst kein so großes Geschenk für mich, wie du, vielleicht irrtümlicher Weise glauben willst, nein.

Es hat mich angekotzt hier immerzu eingesperrt zu sein, und Tagein Tagaus, immer und immer wieder die gleichen Handgriffe zu erledigen. Damit du es weißt: Ich wäre viel, viel lieber arbeiten gegangen, und hätte dabei ein paar *normale* Freunde - Menschen mit denen man *normal* reden kann, um mich herum versammelt. Nicht dieses banale, oberflächliche Zeug, dass Du, Tobias und Ohle sich gegenseitig um den Bart schmieren, nur weil ihr voneinander partizipiert habt. Alles doch nur eine verlogene Farce. Nicht diese unterschwellige Arschkriecherei, sondern ehrliche Worte, die Freunde eben miteinander besprechen wenn sie sich gegenseitig schätzen, verstehst du? Ich nehme wirklich vieles in Kauf, was mir eigentlich *nicht* passt. Aber dass du jetzt damit anfängst dich in den Haushalt einzumischen, dass lasse ich mir nicht bieten, Lasse. Ein für alle Mal: Mache du deins, ich mache meins." Matilda atmete tief aus, und begann das Frühstück auf den Tisch zu stellen, so als sei nichts gewesen. Lasse stand immer noch zerzaust in der Küchentür und kriegte den Mund nicht mehr zu. Er war baff. So hatte er seine Frau noch nie zuvor erlebt. Was war bloß in sie gefahren? Er meinte es doch nur gut, wenn er die beim Einkauf beriet. Und je schneller es voran ging, umso schneller konnte sie doch auch auf die Couch, und ihre geliebten Bücher lesen. War es nicht so? Lasse drehte sich zögernd um, schickte noch einen letzten fragenden, zweifelnden Blick in Richtung seiner Frau, die ihm aber den Rücken zudrehte, und schlurfte ins Bad wie ein Mann von hundert Jahren Lebensalter auf dem Buckel. Für die erforderliche Einsicht fehlte ihm der Weitblick. Er verstand ihren Wutausbruch nicht, und zuckte nur genervt mit den Schultern. Als er – immer noch unrasiert – aus dem Badezimmer zurück in die Küche kam, war Matilda verschwunden. Sie hatte sich, ohne sich von ihm zu verabschieden, aus dem Staub gemacht. Und um ihr zu zeigen was er von ihrem Verhalten hielt, ignorierte er das Frühstück das auf den Tisch stand. Stattdessen fischte er sich eine Tafel seiner Lieblingsschokolade aus dem Vorratsraum, steckte sie in die Tasche seiner Jogginghose die er neuerdings bevorzugte, und verschwand beleidigt ein seinen Keller um die Fische zu betreuen. Bevor Lasse die Filter reinigen wollte, nahm er sich seine Geheimschachtel aus dem Regal. Er öffnete den Deckel, und schielte hinein. Nur noch zweiundvierzig Euro. Der Rest hatte bei Dolores ein neues Zuhause gefunden. Mit dem Schleier der Wehmut dachte er an die vielen entspannenden Besuche zurück. An den süßen Schmerz und die tröstenden Befehle. Die Augenblicke, in denen er seinen schmächtigen, eigenen Körper- seine Seele spüren konnte, wie sonst nirgendwo. Die Momente, in denen „er" war. Wenn er jetzt, heute, seine Frau betrachtete, wollte ihm nicht mehr in Erinnerung kommen, was er einmal für sie empfunden hatte. War seine Ehe in den Jahren zum Opfer der Gezeiten geworden? Hatte er sie je innig geliebt und begehrt? Oder war er einem fatalen Irrtum seiner selbst aufgesessen, was durchaus möglich war. Schließlich gab es genügend Irrtümer auf der Welt, die sich im Laufe der verstreichenden Zeit, felsenfest manifestiert hatten. Keine Ehe wäre davor gefeit, auch seine nicht. Hatte Matilda vielleicht sogar den Respekt vor ihm verloren? Diese Möglichkeit bestand durchaus, denn hätte sie noch ein gewogenes Maß an Achtung vor ihm, dann wäre es heute Morgen nicht zu diesem Missverständnis ausgeartet. Lasse befand, dass seine Frau ihm, an Raffinesse deutlich überlegen war. Sie verstand es, aus einer Andeutung seinerseits, ein Versprechen zu machen. Sich zu rechtfertigen war er müde geworden mit der Zeit. Ob da einmal die Liebe war, in dem Sinne, was man unter Liebe zu verstehen hatte, konnte Lasse sich nicht genau erinnern, und gerade in diesem Moment, zweifelte er. Er wusste nur, dass die Begehrlichkeit nach der Geburt der Kinder, nach und nach verschwunden war. Sie hatten sich schon lange nicht mehr berührt. Das Gefühl in seinen Fingerspitzen war längst verstummt. Der sensible

Tastsinn darin, war beim Tasten der Tastatur auf der Strecke geblieben. Lasse hatte nicht die Absicht daran etwas zu verändern, wiederzubeleben, oder auferstehen zu lassen. Er wollte die Qual des Ruhestandes nicht stören. Wollte sie genießen die neue Insel - umgeben von Zeit. Von seinen eigenen Gedanken in die Tiefe gezogen, erledigte er lustlos die Dinge die getan werden mussten. Nach weniger als einer Stunde waren all die notwenigen Handgriffe erledigt. Die Fische satt, die Filter gereinigt, diverse Scheiben zum hundertsten Mal gereinigt, und alles was sonst noch so anfiel, bei diesem speziellen Hobby, erledigt. Lasse kaute auf den Resten seiner Schokolade herum, und überlegt was er nun tun könnte. Matilda wäre sicherlich vor Mittag nicht zurück. Er hatte also das ganze Haus für sich, und konnte schalten und walten wie er wollte. Lasse entschied sich für den Dachboden. Dort oben war er sicherlich schon eine halbe Ewigkeit nicht mehr. Als Matilda den Weihnachtsschmuck von dort ins Wohnzimmer getragen hatte, war ihm die Idee gekommen, dort irgendwann einmal so richtig auszumisten. Was sich im Laufe der vielen Jahre so angesammelt hatte, das ging auf keine Kuhhaut. Mit der beruhigenden Gewissheit, dort oben völlig sicher zu sein, und nicht wie in der Stadt, sich ausgeliefert- und fremd vorzukommen, ging Lasse mit zuversichtlichen Schritten nach oben. Dieser Anblick traf ihn dann doch sehr unerwartet. Hier stapelten sich haufenweise Kisten übereinander. Was Matilda so alles aufhob, verschlug ihm die Sprache. Hier standen sogar noch Kisten aus der alten Wohnung, aus der sie vor über dreißig Jahren ausgezogen waren. „Wenigstens die hätte sie doch entsorgen können" maulte er. Aber seltsamer Weise, waren es genau die uralten Kisten, die eine unerklärliche Anziehung auf ihn ausübten. Zuerst beschäftigte er sich mit den Kisten die direkt vornean standen. Einige davon öffnete er, um sich von diesem undefinierbaren Gefühl dieser Anziehung abzulenken, die die alten Kisten auf ihn ausübten. Uralte Haushaltsgeräte, aussortierter Papierkram der zum Haus gehörte, alte Kleider, Spielsachen der Kinder, eine Unmenge von Schuhen die nicht alle abgetragen schienen. Utensilien aus den Anfängen seines Hobbys mit den Malawi-Barschen, die am Anfang noch keine Malawi-Barsche waren, sondern ganz gewöhnliche Goldfische. Letztlich erlag er der Anzugskraft der ganz alten Kartons, und öffnete den ersten vorsichtig. In einen alten Bettüberzug eingehüllt, fischte er seinen Hochzeitsanzug heraus. Dieser Anblick zauberte ihm ein wehmütiges Lächeln auf die grauen Wangen. Sechsunddreißig Jahre alt war das gute Stück. Ganz weltfremd war er ja auch nicht. Er wusste, dass sich die Mode alle paar Jahre – sieben, so glaubte er sich zu erinnern - immer und immer wieder wiederholte. Irrtümlich dachte er versehentlich an Autos, machte sich darüber jedoch keine weiteren Gedanken. Jedenfalls: Sein kleiner Schmerbauch würde natürlich nicht mehr in die Hose passen, und seine abgesackten Schultern würden die Jacke nicht mehr ausfüllen. Aber man konnte dieses Kleidungsstück doch zu Geld machen. Und er hätte gleichzeitig eine neue, interessante Beschäftigung. Vielleicht sollte er sich zu Hause doch einen Computer anschaffen. So teuer war diese Investition heutzutage nicht mehr. „Genau. Das werde ich tun", sagte er zum Holzpfosten der neben ihm stand, und den Firstbalken festhielt. Hoch motiviert von seiner guten Idee stürzte Lasse sich nun auf die Kisten. Es dauerte nicht lange, und Matildas Hochzeitskleid kam zum Vorschein. Die komplette Ausrüstung war noch vorhanden. Von den Schuhen bis zum kurzen Schleier. Perfekt. „Hochzeitskleider sind sehr kostspielig", überlegte er munter. Das würde ein paar Scheinchen extra bringen. Und nachdem er es gewesen war, der auf diese geniale Idee gekommen war, würde er Matilda davon nichts abgeben müssen. Schließlich hätte er ja auch die ganze Arbeit damit. Und wenn er es geschickt anstellte, würde sie davon vielleicht überhaupt nichts bemerken. Mit deutlich erhobenerer Stimmung betrachtete er das lange, cremefarbene Spitzenkleid, und maß mit den Augen die Taille. Matilda müsste sich halbieren um dort wieder hineinzupassen. Und wozu auch, also weg damit. Noch einmal tauchte er in die große Kiste hinein, um einen kleinen Karton herauszuholen, der unter den Sachen verborgen stand. Die Schuhe würde er mitsamt dem dazugehörigen Karton verkaufen können. Das lief richtig gut. Aber dieser wundervolle Schuhkarton war nicht leer, dass registrierte Lasse sofort in dem Augenblick, als er ihn hochhob. In freudiger Erregung, vielleicht auf etwas Brautschmuck gestoßen zu sein, verzog er enttäuscht das Gesicht, als sein Blick nur auf einen zusammengebundenen Stapel Briefe fiel. Briefe? Hatte er Matilda jemals Briefe geschrieben? Sein Gedächtnis konnte nichts finden, also beschloss er, einen der Briefe aus dem geschnürten Bündel herauszuziehen, und zu überfliegen. Vielleicht war er es ja doch gewesen der diese Briefe geschrieben hatte, und konnte sich nicht mehr erinnern. Absender stand jedenfalls keiner auf den Umschlägen. Lasse zerrte einen davon heraus, öffnete ihn, und las. Er las und las und las. Einen nach dem anderen. Er las von heißen Liebesschwüren, und von schönen Zeiten. Er las von Zukunftsplänen und Schäferstündchen. Er las von der tiefen Zuneigung die beide füreinander empfunden hatten, und er las an jedem Ende der Briefe eine Unterschrift die nicht seine war. „In Liebe, Dein Robert", stand dort in verblasster Tinte auf dem alten Papier das muffig roch. „Robert, Robert, Robert", grübelte Lasse angestrengt und mit aufsteigendem Zorn. Wer in aller Welt war dieser Robert? Er kannte keinen Robert. Und von einer Liebesbeziehung vor seiner Zeit, hatte Matilda ihm nie etwas erzählt. Sie war ja noch so jung damals. Bevor sie geheiratet hatten, waren sie schon fast eineinhalb Jahre lang verlobt. Da war Matilda noch keine zweiundzwanzig Jahre alt, damals… als sie geheiratet hatten, weil Matilda schwanger geworden war. Auf diesen Fund konnte er sich keinen Reim machen. Wie sollte er herauskriegen was es damit auf sich hatte. Er konnte wohl kaum erzählen was er hier trieb. Und schon gar nicht, wenn er diese Sachen zu Geld machen wollte. Das summende Geräusch des elektrischen Garagentores riss ihn aus seinen trüben Gedanken heraus, und verpasste ihm einen gehörigen Schrecken. Matilda war zurück. Ein prüfender Blick auf seine alte Armbanduhr verriet ihm, dass er mehr als zwei Stunden hier oben verbracht hatte. Beim Studieren dieser ominösen Briefe, war er doch tatsächlich so vertieft, dass ihm seine Aufmerksamkeit abhandengekommen war. „Verfluchter Mist", schimpfte er mit sich selbst, und stopfte alles schnell zurück in den Karton. Zur Tarnung – damit Matilda nichts auffallen konnte - stellte er einigermaßen alles wieder so hin, wie es vorher gewesen war. Schließlich musste er doch damit rechnen, dass seine Frau nochmals hierher kam, falls sie einen Teil des Weihnachtschmuckes vergessen hätte. Mit dem letzten Handgriff fiel unten auch schon die Haustüre ins Schloss. Jetzt musste er Haltung bewahren, und eine Ausrede erfinden, warum er von oben nach unten, und nicht von unten nach oben, die Treppe herunter kam. Kraftlos schlurfte er die Stufen hinab. Die purpurnen Flüsse in seinem nicht gerade athletischen Beamtenkörper, der kaum einen Metersiebzig maß, schleppten sich nur träge dahin. Sein niedriger Blutdruck machte ihn wütend, weil ihm jegliche Energie abging, um über den langen, langweiligen Tag hinaus, zu mehr fähig zu sein, als noch eine Nachrichtensendung zu verfolgen. Danach wurde er schon müde. Konnte sich nicht einmal richtig aufregen, über dass, was es dort Unfassbares zu sehen und zu hören gab. Terroristen hatten gerade in Frankreich ein Massaker angerichtet. Selbst dafür fehlte ihm das Interesse, betraf es ihn doch nicht. Matilda blieb immer noch so lange auf, bis sie sich einen Abendfilm angesehen hatte. Und selbst dann kam sie oft noch nicht ins Bett.

Matilda hantierte mit dem Einkauf in der Küche. Sie hatte überhaupt nicht bemerkt dass Lasse aus der falschen Richtung kam. Vor ihr, auf dem Küchentisch, lag eine frisch geschlachtete Weihnachtsgans, die es am ersten Feiertag geben würde. Heilig Abend waren sie wie immer alleine. Matilda schmollte noch immer. Das konnte Lasse daran erkennen, dass sie es vermied ihn anzusehen. Als sei überhaupt nichts vorgefallen, schlenderte er in die Küche, und begutachtete die riesige Gans. „Sieht gut aus", nuschelte er scheinheilig. „Und ein bisschen Hunger hätte ich übrigens auch." Matilda machte sich gerade, und blickte erst zum Frühstückstisch, und dann zu ihrem Mann. „Und warum hast du dann nicht gefrühstückt? Wen wolltest du denn damit bestrafen? Dich oder mich, weil ich den ganzen Kram jetzt wieder aufräumen kann." Ärgerlich knallte sie einen kleinen Sack Kartoffeln auf die Arbeitsplatte der modernisierungsbedürftigen Küche. Um von der unansehnlichen Front in Eiche rustikal abzulenken, hatte Matilda alles mit ihrer geliebten Laura Ashley zugepflastert. Wohin das Auge auch schweifte... Überall Blümchen. Und dabei ahnte sie nicht, dass das gesamte Design des Hauses, schuld war an Lasses abendlicher Schwäche. Er war die kahle Nüchternheit seiner Amtsstube gewöhnt, und sehnte sich nach sparsamem Minimalismus. Morgens und abends, an Wochenenden und freien Urlaubstagen, konnte er diese verspielte Üppigkeit ertragen.

Und jetzt… Jetzt wo er den lieben langen Tag hier zubrachte, machten sie ihn aggressiv – diese vielen Blümchen überall. Matilda sagte barscher als sie eigentlich wollte: „Ich koche jetzt gleich etwas. Nur stehe mir hier nicht im Weg herum." Damit war das auch geklärt. Lasse drehte ab, und verließ die Küche. In der Tür blieb er stehen, überlegte wie er seine Frage formulieren sollte, überlegte es sich dann doch anders, und sagte: „Was würdest du davon halten, wenn wir wenigstens das ganze Erdgeschoß weiß streichen würden? Das wäre doch einmal eine nette Abwechslung, nicht? Matilda war wirklich überrascht. „Ich dachte wir müssten jetzt sparen, weil wir nun weniger Geld zur Verfügung hätten. Wie kommst du denn darauf?" So schlecht fand sie diese Idee nicht. Dieses langjährigen Blümchenwahns, war sie selbst schon lange überdrüssig. Ein bisschen frischer Wind konnte nie schaden. „Wir haben ja noch ein bisschen was auf der hohen Kante", antwortete Lasse auf ihr bissiges Argument. „Das kann ich schon verantworten. Schließlich haben wir ja sonst keine Kosten außer der Reihe." Lasse überlegte, ob er sich nicht ein wenig zu weit aufs Feld hinausgewagt hatte. Die Kosten für ein solches Unternehmen konnte er schlecht abschätzen. Die Möglichkeit, dass er mit so einer leichtfertigen Entscheidung, ein tiefes Loch in die allgemeine Sicherheit riss, diese Möglichkeit bestand durchaus. Ein jüdisches Sprichwort kam ihm in den Sinn. Das hatte er in diesem Buchladen gelesen, in dem man ihm versucht hatte ein Märchen anzudrehen. *„Es ist mit Geld nicht so gut, wie es ohne schlecht ist"*, lautete es. „Na gut", tröstete er sich. „Wenn das so ist, sollte man den Gedanken gelegentlich fortführen. Matilda wollte sich aber noch nicht so leicht versöhnt geben, und erwiderte muffig: „Von mir aus mach was du willst. Ob du das ganze Haus streichst, oder ob du drei Monate auf dem Jacobs Weg pilgern gehst. Es ist mir egal." Damit war die Sache vorläufig erledigt. Energisch räumte sie den Frühstückstisch ab, und kümmerte sich um die Zubereitung des Mittagessens. Lasse verschwand mit knurrendem Magen in seinem Fischkeller. „Jacobs Weg", maulte er. „Was für eine blöde Idee. Der heilige Jacob war ein Killer. Mit großer Begeisterung hat er die Mauren ins Jenseits befördert. Heutzutage pilgert man – nur weil es schick ist - auf seinen Spuren um zu sich zu finden? Ich frage mich jedes Mal, wo hier der Sinn begraben liegt, wenn mir jemand davon erzählt. Reicht nicht die Stille nach der Hölle um an Erkenntnisse zu gelangen? Die Einsicht über Mängel am eigenen Charakter? Etwas, was sich jeder selber zuzuschreiben hat? Vermutlich alles. Ausnahmslos. Außer mir natürlich. Jacobs Weg. Als ob ich das nötig hätte.

Ich habe einen guten Charakter." Jetzt redete er schon mit sich selbst. So weit war es schon gekommen. Und er stand erst im November seines Lebens, ganz knapp erst, gerade mal eben den Oktober mit seinem milchigen Mond verlassen, mit zaghaften, vorsichtigem, ängstlichem Blick auf den bevorstehenden, unausweichlichem, unumgänglich endlichen, endgültigen Dezember, der sich unweigerlich mit dem Tod beschäftigen würde. Schließlich – so tröstete Lasse sich selbst - war er doch erst fünfundsechzig Jahre alt, und bis zum bedrohlichen Dezember war es noch eine ganze Weile hin. Jetzt bloß nicht verrückt machen. Die Menschheit wurde heutzutage alt. Sehr alt sogar. Wer außer ihm, konnte das besser wissen. Vor ein paar Tagen noch, war dies sein tägliches Brot. Und trotzdem: Zurück blieb – eine undefinierbare scheiß Angst.

Oh... du fröhliche.

„Da sind sie ja endlich, da sind sie", jubilierte Matilda aufgeregt und klatsche in die Hände wie ein Kind. Der schwere Wagen ihres Schwiegersohnes fuhr auf den Platz vor der Garage. „Mhm..." brummte Lasse, der sich von ihrer Begeisterung nicht mitreißen ließ. „Vorhang auf, die Show kann beginnen", konnte er sich dann doch nicht verkneifen. Matilda schnellte herum, und fauchte ihn an: „Reiß dich zusammen Lasse. Verschone den armen Jungen mit deiner Weltanschauung. Lass Rouven mit deinen ewigen Sticheleien endlich in Ruhe, sonst vergesse ich mich. Es ist wie es ist. Basta." Sie eilte an ihm vorbei um die Haustüre zu öffnen, und ihre Kinder herein zulassen. Alle redeten wild durcheinander, umarmten sich mal mehr, mal weniger, und stürmten ins Haus, wo es überall schon nach der herrlichen Weihnachtsgans duftete. Matilda wollte ihren Sohn überhaupt nicht mehr loslassen. Der lange Kerl bückte sich zu ihr hinab, um sie auf die Stirn zu küssen. Seinem Vater gab er nicht einmal die Hand zur Begrüßung, sondern deutete einen respektvollen Diener an. Lasse stand noch in der offenen Tür, und beäugte den silbergrauen Mercedes. „Ist der neu? War der nicht letztes Mal schwarz?" Peter – sein Schwiegersohn – nickte stolz, und erklärte ihm ein paar Raffinessen die dieses Auto mehr hatte, als der schwarze Vorgänger. Als er seinem Schwiegervater verriet was er dafür auf den Tisch geblättert hatte, schnappte der entsetzt nach Luft. „Das ist ja fast die Hälfte von dem, was wir bekommen würden, wenn wir unser Haus verkauften. Dass man mit Scheiße so viel Geld verdienen kann…" Peter sah Lasse kurz beleidigt an, und ließ ihn stehen. Den Rest seiner Ausführungen wollte er sich lieber ersparen. Die kannte er bereits und musste sie nicht jedes Jahr wieder auffrischen. Er eilte ins Haus zu den anderen. Das fing ja schon mal gut an. Matilda, die davon nichts mitbekommen hatte, überschlug sich fast. Sie stellte ihre Fragen so schnell hintereinander, dass kaum jemand dazu in der Lage war, sie ausführlich zu beantworten. Bis endlich etwas Ruhe eingekehrt war, und alle erwartungsvoll am großen Esszimmertisch – der nur noch an Weihnachten zu großer Ehre kam – saßen, verging fast eine halbe Stunde. Die Gans musste jetzt langsam wirklich aus dem Ofen. Die beiden Mädchen – Lisa und Lilly – hören zum hundertsten Mal von ihrer Mutter: „Tut endlich das Ding weg. Wir essen gleich", und verdrehten genervt die Augen. Solange nichts Essbares vor ihnen auf dem Teller lag, dachten sie nicht im Traum daran, ihre Smartphones auch nur einen Zentimeter weit wegzulegen. Die streng-liberale, undefinierbare, neumodische, experimentelle Erziehung von Matildas Tochter, die damals für viele Streitigkeiten gesorgt hatte, war genauso ein Schuss in den Ofen, wie das bei den meisten anderen Müttern auch der Fall war. Die Besserwisserin-Tochter von damals, die heute einen völlig anderen – normalen - Kurs fuhr, hätte sich getrost die gewollte Distanz zu Matilda sparen können, denn dann wäre das Verhältnis zwischen ihr und ihrer Mutter, vermutlich etwas herzlicher ausgefallen. Matilda sah zwar großzügig über ihre Ausführungen und Zurückweisungen - in Sachen Erziehung - ihrer Tochter hinweg, aber gekränkt war sie trotzdem. Schließlich war sie selbst Mutter gewesen. Und dass eines ihrer Kinder ein schlechter Mensch geworden war - das konnte man nun wirklich nicht behaupten. Rouven, blieb der einzige von den Gästen der mit anpackte und seiner Mutter beim Servieren half. Wenigstens hatten sie so in der Küche ein paar Momente für sich alleine. „Wie war denn dein Flug gestern", wollte Matilda wissen. „Nicht *mein* Flug, Mama. *Unser* Flug. Philippe ist auch dabei. Er wartet im Hotel auf mich. Wir wollen anschließend noch nach Hamburg und dort Freunde besuchen." Matilda sah ihren Jungen enttäuscht an, und fragte: „Wie...? Du schläfst diesmal nicht bei deiner Schwester? Warum denn nicht? Ich dachte sie und Peter kommen mit Philippe gut aus, oder etwa nicht? Und ich dachte...

ich dachte, dass du ein wenig länger bleiben würdest… Was ist denn mit morgen Mittag wenn Papa und ich nach Frankfurt zu Jette zum Essen kommen?" Rouven hatte Mitleid mit seiner Mutter, und er hätte sie gerne in den Arm genommen. Aber sie war gerade beschäftigt. „Ach Mama. Jette wird immer mehr wie Vater. Sie hat sich so zu ihrem Nachteil verändert. Als sie uns vom Flugplatz abgeholt hat, mussten wir uns unterwegs pausenlos anhören, was sie deswegen für große Opfer hat bringen müssen, so überfordert wie sie sei, und was so alles an ihr hing, das Geschäft, der Haushalt, die Kinder. Dabei wollten wir überhaupt nicht abgeholt werden, sie hat sich aufgedrängt, und großartig herumposaunt, wozu man schließlich eine Schwester habe, und lauter so ein blödes Gut-Mensch-Gerede. Überhaupt nicht ehrlich gemeint. Sie weiß noch gar nicht dass wir morgen Mittag nicht zum Essen kommen werden. Ich warte damit es ihr zu sagen, bis sie mich vor dem Hotel heute Abend, ablädt. Dann muss ich mir ihre gespielte Entrüstung wenigstens nicht anhören." Matilda war traurig über Rouvens Schilderungen. Sie spürte, dass die ganze Familie den Bach runter ging, und wusste, dass sie nichts dagegen tun konnte. Sie kämpfte mit den Tränen, als sie zu ihrem Sohn sagte: „Vielleicht komme ich ja tatsächlich irgendwann mal nach Frankreich um euch zu besuchen. Das wäre mein größter Wunsch. Mal sehen. Kommt Zeit, kommt Rat. Jetzt fangen wir erst einmal an uns dem köstlichen Essen zu widmen. Komm… Du nimmst bitte das hier."

Matilda schwebte ständig im Gefühl, als würde sie mit hauchdünnen Ledersohlen, auf spiegelglattem Untergrund herumlaufen. Dauernd versuchte sie Lasse mit bösen Blicken in Schach zu halten, was sich als überaus anstrengend erwies. Wirklich richtig konnte sie das gute Essen nicht genießen, so angespannt wie sie sich fühlte. Ihr Magen rebellierte, so, wie er es immer tat, bevor eine Katastrophe sich anbahnte. Sie versuchte sich selbst zu beruhigen und die Themen auf Belanglosigkeiten zu lenken. Bisher war alles gut gelaufen. Vorspeise und Hauptgang waren ohne einen Zwischenfall gut überstanden. Gemeinsam beschloss man, bis zur Nachspeise eine Pause einzulegen, weil alle pappe satt waren. Die beiden Mädchen saßen im Wohnzimmer, zusammen mit ihrer Mutter, auf dem Fußboden und betrachteten uralte Bilder von früher. Jette hatte einen Karton aus dem Wohnzimmerschrank herausgeholt, weil sie ein paar alte Kinderbilder von sich selbst mitnehmen wollte. Lasse saß auf dem Sofa und sah ihnen dabei gelangweilt und desinteressiert zu. Peter und Rouven unterhielten sich angeregt am Esszimmertisch über Gott und die Welt. Alles schien friedlich. Es hätte nicht besser laufen können. Matilda hantierte emsig in der Küche um schon ein wenig im Voraus aufzuklaren. Was weg ist, ist weg. So machte sie es immer. Außerdem verschaffte ihr diese Arbeit ein wenig innere Ruhe. Hier hatte sie etwas Gewohntes um sich herum, etwas woran sie sich festhalten konnte. In Ruhe konnte sie sich in ihren Gedanken verlieren, und an vergangene Zeiten denken. Seit Lasse sich, vor ein paar Jahren mit ihrer Schwester Gudrun angelegt- und sie beleidigt hatte, blieben die Ausziehplatten für den Esstisch im Keller. Gudrun blieb von da an mit ihrer Familie den traditionellen Familientreffen fern. Matilda erinnerte sich noch an die gesprochenen Worte als sei es gestern gewesen. Gudrun sagte immer, dass ein großes Potential in ihm – ihrem bockigen, rebellischem Sohn - schlummere. Natürlich verteidigte sie ihr Kind. Und als Lasse sie fragte, ob man nun besonders leise sein muss, um es nur ja nicht zu wecken, war sie zutiefst beleidigt. Diese anzügliche Bemerkung von Lasse war eine von vielen Vorausgegangenen, und brachte nur ein altes Fass zum überlaufen, welches längst schon prall gefüllt war. „Oma, Oma", rief Lilly aufgeregt, und stürmte, mit einem alten Foto in der Hand, zu Matilda in die Küche. „Bist *du* das hier auf diesem Foto?" Matilda wische ihre Hände an der Schürze ab, und besah sich das Bild etwas genauer. Ein zartes Lächeln erschien auf ihrem Gesicht als sie erkannte um welches Motiv es sich handelte. „Ja", hauchte sie etwas entrückt. „Und das hier… das ist deine Urgroßmutter und dein Urgroßvater. Meine Eltern. Wir haben hier auf diesem Bild gerade ein Gartenfest gefeiert, zu Ehren des neuen, kleinen Gewächshauses. Da… hier siehst du es im Hintergrund." Lilly nahm Matilda das Foto wieder ab, und hielt es sich ganz dicht vor die Augen, so, als könnte sie mit dieser Art es zu betrachten, in das Motiv hineinschauen. „Du siehst aber hübsch aus, Omi. Und so dünn. Viel dünner als jetzt." Matilda lachte, und meinte: „Nun… da war ich auch stolze achtunddreißig Jahre jünger als jetzt. Das darfst du nicht vergessen. Du wirst eines Tages auch etwas dicker werden. Das lässt sich kaum vermeiden." Lilly sah ihre Oma an, als hätte sie die nächste Apokalypse soeben angekündigt. „Nieee im Leben", rief sie entsetzt, und schüttelte wild mit dem Kopf. „Nie und nimmer, Omi. Ich werde für immer und ewig Size-Zero tragen. Das versichere ich dir. Bevor ich so dick wie du werde, würde ich mich eher vorher umbringen." Matilda zuckte regelrecht zusammen. Die herzerfrischende, ehrliche Aussage ihrer Enkelin, amüsierte-, und schockierte sie zugleich. Vielleicht hatte die Kleine gar nicht so Unrecht damit dass sie zu dick geworden war. Im Grunde wusste sie das auch selbst. Doch es fehlte ihr vorne und hinten an Motivationen daran etwas Durchgreifendes zu ändern. Der Wechsel in die Wechseljahre, die nun schon eine Ewigkeit zurücklagen, bedeutete ja auch schließlich den Wechsel in eine andere Kleidergröße, oder zwei... oder drei. Und bisher hatte das niemand so wirklich interessiert oder sogar gestört. Auch Lasse nicht. Obwohl... Manchmal glitten seine Blicke über ihren Körper, und nahmen einen spöttischen Ausdruck an. „Und Omi...", plapperte die Enkelin unbekümmert ihre Gedanken hinein. „Wer ist das hier auf dem Bild? Der Mann mit den rotblonden Haaren, sieh` mal. Der, der dich so anschmachtet, hä...?" Matilda lächelt ihre Enkelin geheimnisvoll an, sagte aber: „Das ist ein Junge aus der Nachbarschaft mit dem ich mal zur Schule gegangen bin. Er war eine Klasse höher als ich, und wir verstanden uns immer sehr gut." Damit gab sich Lilly zufrieden und ging wieder zurück ins Wohnzimmer zu den anderen. „Zeig mal her", bat Lasse die Enkelin, die von Matildas schlanker Figur regelrecht entzückt und völlig aus dem Häuschen schien. Er wollte auch einen Blick darauf werfen, weil er ohnehin nichts Besseres zu tun hatte. Sein Bauch spannte vom guten Essen, und er war froh darüber, dass Jette sich um den Nachschub mit den Getränken kümmerte. Sie hatte eine ganz hübsche Menge Bilder aussortiert die sie mit nach Frankfurt nehmen wollte. Lasse war der Meinung dass sie damit hätte warten können, bis sie eines Tages den ganzen Krempel hier, sowieso erben würde. Er war von ihrer Aktion wenig begeistert. Schließlich wollte man ja selbst auch, hin und wieder, die alten Bilder von den Kindern betrachten. Heutzutage waren alle Menschen nur noch fordernd, unsensibel und ziemlich unverschämt. Dachten nur an sich. Seine Kinder machten da keine Ausnahme. Jette hat nicht einmal gefragt ob sie dürfte. Sie hatte einfach nur gesagt: „Ich werde…" Lasse rückte seine Brille zurecht, saß vornübergebeugt auf der Kante des Sofas, und studierte eingehend das alte Foto. Wenn ihn jemand dabei beobachtet hätte, wäre ihm aufgefallen, dass er es sehr genau nahm, mit dem Studieren des alten Fotos. Sehr genau. Lasse erkannte den Garten von Matildas Elternhaus, und die Schwiegereltern die sich – immer noch verliebt am Händchen hielten. Er erkannte Matilda in ihren jungen, schlanken Jahren, und er erkannte den Rotschopf neben seiner Frau, der sie anhimmelte, als stünde Grace Kelly höchst persönlich neben ihm. Er erkannte Matildas Fahrlehrer, wie er, hier auf diesem festgehaltenen Moment, um sie herumschleimte. Abgefüllt mit Stolz, so, als hätte er ein Anrecht auf *seine* Matilda. Lasse wurde speiübel. Er setzte sich zurück auf die Couch und atmete ganz tief aus. Das letzte bisschen Farbe, dass ihm das gute Essen verschafft hatte, wich nun vollends aus seinem verhärmten Gesicht. Immer noch das Bild in der Hand, schweifte sein Blick in Richtung Esstisch, an dem Peter und Rouven saßen. Rouven, sein Sohn? Rouven, das verpfuschte Kind, das sich schon mit siebzehn als schwul geoutet hatte, und sich nicht einmal dafür anständig schämte. Rouven, der vermutlich doch nicht im Krankenhaus vertauscht worden war wie er all die Jahre vermutet hatte, sondern Rouven wie Robert. Robert der Fahrlehrer, der die vielen Liebesbriefe an Matilda geschrieben hatte. Rouven, der – da war Lasse ganz sicher – *nicht* sein Sohn war, unmöglich sein konnte. Das rote Haar, die Größe, die beschämende Veranlagung? Wenn man in diesem Augenblick Lasse den Arm abgeschnitten hätte, wäre kein einziger Tropfen Blut herausgeströmt. In ihm stockten die purpurnen Flüsse des Lebens wie dicker Sirup. Er saß auf dem Sofa wie gelähmt und keine Menschenseele beachtete ihn. Jeder war beschäftigt, und vergnügt. Niemand ahnte die Erkenntnis die Lasse auf das Polster des Möbels drückte, und dort gefangen hielt. Erst als Jette ihre Tochter Lisa laut anschnauzte, dass sie gefälligst sofort den Fernseher ausmachen soll, weil es jetzt Nachtisch gäbe, erst da kehrte Lasse wieder ins Hier und Jetzt zurück. Lasse bekam gerade noch den letzten Satz, das Schlusswort mit, welches ein Fernsehprediger mit frommer Stimme, frommem Gesicht und voller Inbrunst, ins Wohnzimmer der Mochos hineinwarf. „Und wer ohne Sünde ist, der werfe den ersten Stein." Dann wurde es dunkel auf der Mattscheibe. Es gab Nachtisch.

„Da sitzt er nun", dachte Lasse sichtlich geschwächt. „Heiter bis rötlich unterhält er sich fröhlich mit seinem Schwager als sei die Welt in bester Ordnung, und hat keinen blassen Schimmer, dass er mit größter Wahrscheinlichkeit nur zur Hälfte in diese Familie gehört. Als hätte ich es schon immer geahnt, war mir aber nie wirklich endgültig sicher, habe geschwiegen und weggesehen, war mit mir und meinen eigenen Geheimnissen beschäftigt, verdammt." Er sah Rouven eindringlich-, ja penetrant an, und konnte seinen Blick nicht mehr von seinen Haaren lösen. Die Unterhaltung am Tisch war noch immer entspannt und friedlich. Noch. So, wie man eben ganz friedlich ist, wenn man gefüttert wurde, und immer noch verwöhnt wird. Niemand schien in diesem Augenblick mit bösen Gedanken beschäftigt zu sein. „Was ist denn…" Warum starrst du mich so an, Vater. Ist etwas mit meinen Haaren nicht in Ordnung?" Rouven, sehr sensibel, sehr feinfühlig, hatte irgendwann den starren Blick von Lasse auf seiner Kopfhaut gespürt und hochgeblickt. Direkt in die entrückten Augen des Vaters. Matildas Dessertlöffel schwebte

auf halber Strecke vor ihrem Mund der leicht geöffnet war, um die Portion Eis zu verschlingen, die
sie darauf balancierte. Dass sie immer ein wenig
länger brauchte bis bei ihr der Groschen fiel, rettete ihr vermutlich in diesem Augenblick das Leben.
Wenn sie gewusst-, geahnt hätte, was Lasse dort
oben auf dem Dachboden getrieben hatte als sie
aus dem Haus gewesen war, ihr Leben hinge an
einem seidenen Faden. Der Schlag hätte sie Au-
genblicklich getroffen. So aber... so musste sie erst,
langsam, zwei und zwei zusammenrechnen. „Das
Foto", dämmerte ihr so nach und nach. „Das Foto.
Er hat das Foto mit Robert gesehen, von dem ich
überhaupt nicht mehr wusste dass es sich immer
noch in dieser Kiste befand, weil ich dachte, ich
hätte sie allesamt auf den Dachboden geschafft
und versteckt." Bevor sie ein anderes Thema an-
bringen konnte, womit sie vielleicht alle hätte einbeziehen können, war es auch schon zu spät. Lasse
sagte mit fester Stimme zu seinem? Sohn: „Du hast
ja noch gar nicht viel von dir erzählt Rouven. Wie
läuft denn dein *berühmter* Friseursalon so? Gut?
Oder brauchst du Geld, weil du doch immer so
feine, teure Klamotten trägst. Kommen eigentlich
auch Frauen zu dir als Kundinnen, oder sind das
alles nur Schwuchteln?" Rouven machte seinen
Rücken gerade, und legte seinen Löffel ganz langsam beiseite. Auf seiner Schläfe erschien eine di-

cke, pulsierende Ader. Kein vielversprechendes Zeichen. „Rouven bitte…", flehte Matilda dazwischen. „Höre doch einfach nicht hin. Du kennst ihn doch. Er kann es einfach nicht lassen, muss immer mal sticheln. Hör nicht hin. Bitte." Der gemoppte Sohn sah seine Mutter mit energischem Blick an, und sagte: „Nein Mama. Ich bin es wirklich und wahrhaftig leid. Ich bin es sogar so leid, dass ich eigentlich am liebsten nicht hergekommen wäre. Das habe ich nur dir zuliebe getan. Ganz bestimmt nicht wegen diesem elenden Stänkerer dort", dabei sah er seinen mutmaßlichen Vater geringschätzig an. „Und du… Dir will ich jetzt mal was sagen Vater: „Jetzt rede ich, und ich möchte von dir auch nicht unterbrochen werden. So viel Respekt musst du mal aufbringen. Ich bin kein kleiner Junge mehr der sich pausenlos von dir maßregeln und beleidigen lässt. Ich bin jetzt siebenunddreißig Jahre alt, und ich weiß wer ich bin und was ich kann." Jette scharrte mit dem Stuhl. Er hörte sich an als würde das Haus in zwei Teile zerbrechen. "Rouven bitte..." versuchte Matilda ihren Sohn erneut zu unterbrechen. Sie hatte keine Chance. Rouven war es satt, immerzu diese Anzüglichkeiten des Vaters, über sich ergehen zu lassen. Jette stand auf und ging mit den beiden Töchtern ins Wohnzimmer. Sie wollte eine Teilnahme an diesem Disput vermeiden, weil sie sonst für Rouven Partei ergreifen würde, was den Vater vermutlich vollkommen aus der Bahn geworfen hätte. Das Fest wäre dann endgültig im Eimer, und Mutter todtraurig. Das wollte sie nicht, deshalb diese rettende Flucht. Ihr Mann Peter hingegen, schien amüsiert und gut unterhalten. Er saß wie angeklebt auf seinem Stuhl, und lauschte schweigend dem Dialog von Vater und Sohn, der in diesem Jahr anscheinend seinen Höhepunkt-, und unter Umständen vielleicht sogar ein endgültiges Ende finden würde. Das war schon längst überfällig. Ob Rouven nach dem heutigen Tag noch einmal wiederkommen würde, das bezweifelte Peter. An Rouvens Stelle hätte er den Alten schon längst auseinandergenommen. Mit ihm hätte er diese Sperenzchen nicht veranstaltet. Er hörte aufmerksam zu wie Rouven sagte: "Wovon man nicht sprechen kann, muss man eben schweigen, Vater. Lange genug habe *ich* geschwiegen, du *nicht*, wie wir alle bestens wissen. Und jetzt ist Schluss damit. Ich kann nicht alles haben, so wie du nicht alles haben kannst, Vater. Es ist *mein* Mandat im Leben, ein schwuler Mann geworden zu sein, so wie es *dein* Mandat im Leben gewesen ist, als vertrockneter Bürokrat sein Leben zu fristen, der sich, nicht selten, mit gehässiger Willkür den ausgelieferten Menschen gegenüber gütlich getan hat. Man nennt es auch schikanieren. Ich kenne die Meinungen über dich, Vater. Auch wenn ich nicht in Deutschland wohne. Vielleicht gerade *deshalb* wohne ich nicht hier. Hier wo du bist. Du, sprichst doch jetzt nur deswegen so vernichtende, beleidigende Worte, weil du mit deinem Machtverlust nicht umgehen kannst. Weil du nicht frei bist, nicht fähig zur bedingungslosen Liebe oder Liebe überhaupt. Nicht einmal Mutter gegenüber. Das wissen wir alle, so wie wir hier am Tisch sitzen, und unsere alljährliche Show abziehen. Mama hält mich telefonisch auf dem Laufenden, und sie hat mir erzählt was du für große Umstellungsschwierigkeiten mit deinem neuen Lebensabschnitt hast. Sie ist für dich doch nur eine Versorgerin die ständig hinter dir her räumt. Stimmt es nicht? Frag sie doch mal wenn du den Mut dazu hast. Zur Empathie und Nächstenliebe bist du doch nicht fähig, nie fähig gewesen. Genauso wie dir lebenslang die Toleranz abgegangen ist, wenn du mal ehrlich zu dir selber bist. Du kannst dich doch bloß selbst nicht leiden. So ist es doch. Und ich bin dein liebster Blitzableiter. Deine auserwählte Zielscheibe. Schon immer gewesen. Gottes Hand hat nicht nach dir gegriffen, weil du dich immer weggeduckt hast. Aus Feigheit. Nicht aus wirklichem Atheismus, wie du dir selbst großkotzig einbildest. Dein schäbiger Atheismus hat dich nur davor bewahrt, mit liebender Toleranz mal etwas genauer hinzusehen, wenn etwas um dich herum im Argen lag. Eine jämmerliche Haltung, wenn du mich fragst. Und noch etwas: Auch wenn ich in der Kapelle deines Lebens spielen musste, weil ich Sohn dieser Familie bin, macht mich das noch lange nicht zu deinem Musikinstrument. Ich weiß dass ich in deinen Augen Abschaum bin, Vater. Du verachtest mich keinen Deut weniger als die ausländischen Flüchtlinge die gerade unser Land aufsuchen, damit sie in ihrem eigenen nicht abgeschlachtet werden. Es werden noch mehr werden, das kann ich dir versprechen. Zieht euch alle warm an. Da kommt was auf euch zu, dass einen ganzen Sack voller Nächstenliebe und Toleranz von euch fordert. An der französischen Mittelmeerküste, an der ich bekannter Weise wohne, bin ich hautnah dran am Geschehen, und kann von unserem Fenster aus die überfüllten, kleinen, kaum noch seetüchtigen Schiffe sehen, die ihre malträtierte Fracht ans Land spucken, vorausgesetzt natürlich, sie hatten das Glück diese gefährliche Reise zu überleben. Man sieht dir deinen Hass gegen sie regelrecht an, Vater. Ich habe eben bei den Nachrichten dein Gesicht genau beobachtet. Aber das musst du mit dir ausmachen, nicht mit mir. Vor allem nicht *an* mir, deinem Lieblingsfeind. Außerdem hatte ich Mutter versprochen dieses Thema außen vor zu lassen, weil sie ja deine Einstellung diesen traurigen Ereignissen gegen über kennt. Daran will ich mich halten, und nicht dieses Fest verderben. Was *mich* betrifft Vater: Ich bin mit mir und meinem schwulen Leben, dass du so beleidigend verabscheust, vollkommen im Reinen. Das sollst du wissen. Deine Ablehnung mir gegenüber interessiert mich längst nicht mehr. Früher habe ich wie verrückt um deine Liebe gebuhlt, Vater. Diese Zeiten sind vorbei. Endgültig. Ich *werde* geliebt, verstehst du. Und wie ich geliebt werde. So sehr, dass ich Philippe im nächsten Jahr sogar offiziell heiraten werde. Ich brauche dich nicht mehr dazu. Dein Einverständnis ist nicht erforderlich, verstehst du? Gekommen bin ich nur um Mutter eine Freude zu machen, und sie durch mein Fernbleiben nicht unnötig zu verletzen." Rouven musste einmal tief durchatmen, so sehr hatte er sich in Rage geredet. Lasse nutze diese Sekunde aus, um sich aus dem Staub zu machen. "Bist du endlich fertig", unterbrach er jetzt schnell den Redefluss seines ungeliebten Sohnes, der gar nicht sein Sohn war. Rouven winkte nur ab, so, als wolle er damit andeuten: „Ach was soll's. Es bringt doch sowieso nichts." Lasse stand wortlos auf und ging zu seiner Tochter und den beiden Enkeltöchtern ins Wohnzimmer. Sie saßen auf dem Fußboden und wühlten immer noch in der Kiste mit alten Fotos herum. Offensichtlich höchst amüsiert darüber, wie ihre Großmutter Matilda- und er –

Lasse – selbst, früher ausgesehen haben. „Na...? Hast du es wieder einmal geschafft", fragte Jette ihn mit vorwurfsvollem Blick. „Es hätte mich auch wirklich gewundert, wenn bei uns mal ein Weihnachtsfest ohne Ärger abgelaufen wäre." Lasse ignorierte diese Bemerkungen und drehte um. Hier war er also auch nicht erwünscht. Er machte sich auf den Weg, hinunter, in seinen Fischkeller. Hier war er wenigstens mit seinen Gedanken ungestört. Was er heute entdeckt hatte, dass musste er erst einmal verdauen. Sein schlechtes Gewissen wegen Dolores hatte ihn bisher davon abgehalten Matilda zur Rede zu stellen. Die rotblonden Haare von Rouven waren ihm schon ein Leben lang suspekt. Lasse fühlte sich, als hätte er eine Million Wanzen auf der Haut die sich an ihm gütlich taten, und er - hilflos - nicht eine Hand, nicht einen Finger, um sich zu kratzen.

„Verdammte Scheiße aber auch", fluchte Matilda ins Innere der Spülmaschine. Rouven stand neben ihr, und reichte ihr die schmutzigen Teller an. Er grinste, weil er seine Mutter so noch nicht erlebt hatte. Jedenfalls nicht dass er sich daran hätte erinnern können. Fäkalwörter waren in diesem Hause tabu. Umso wirkungsvoller klangen sie, wenn sie dann doch einmal versehentlich aus dem Mund rutschten. Es gibt wenige Frauen, wenn die „Scheiße" sagen, hat man das Gefühl, als geriete die ganze Welt gleich aus den Fugen. Distinguiert bis auf den Baumwollschlüpfer möchten sie das Bild einer reinen, heilen, geordneten Welt aufrechterhalten. So eine war sie – seine geliebte Mutter. Sanftmütig, vergebend, verständnisvoll, und unfähig wirklich zu streiten. Liebevoll seicht, und meist unbedeutend ihre einfachen Worte. Große Bögen schlagend um jeden noch so winzigen Konflikt. Von den zurückliegenden Auseinandersetzungen, die Matilda zwischenzeitlich mit ihrem Mann ausfocht, wusste Rouven nichts. Wenn sie regelmäßig miteinander telefonierten, beschwerte sie sich zwar hin und wieder über das Benehmen ihres Mannes – seines Vaters – aber sie wahrte immer die Form, wurde nie polemisch, und hatte sich diszipliniert, fest im Griff. Selbst diese vornehme Noblesse, die man bei Frauen mit dieser Haltung oftmals antraf, die ging ihr komplett ab. Sie war nichts anderes als eine liebevolle, friedliebende, und zuverlässige Christin. Tief verwurzelt in ihrem Glauben, und treu ergeben den Gesetzen des Schöpfers. Eine Bilderbuch-Mutter die ihre Kinder aufrichtig und selbstlos liebte. Und sie lachte gerne. Sehr gerne. Damit stieß sie schon immer auf ablehnendes Unverständnis bei ihrem Mann. „Sei doch nicht so albern", hatte sie mit großer Sicherheit schon eine Million Mal gehört und eine Million Mal ignoriert. „Mamaaa", sagte

Rouven schlichtend, und streichelte ihr den geneigten Rücken. „Rege dich bitte nicht so auf. Zwischen uns wird sich nichts ändern. Da brauchst du keinerlei Befürchtungen zu haben. Ich werde mich nach deinem Ratschlag richten und einfach nicht mehr hinhören. Im Grunde tut er mir sogar leid, weil er die schönsten Momente im Leben verpasst, nur weil er so verbiestert und intolerant ist." Matilda tauchte aus dem inneren der Spülmaschine wieder auf, und nahm ihren „Engel" zärtlich in den Arm. „Weißt du was wir jetzt machen?" Rouven schüttelte erwartungsvoll den Kopf. „Jetzt machen wir unseren traditionellen Verdauungsweihnachtsspaziergang einmal ausnahmsweise im Kurviertel und nicht in diesem langweiligen, spießigen Dorf. Lass uns zusammen in die Stadt hinunter fahren und die Schönheit der Natur des Kurparks genießen. Wer weiß wie lange der Schnee noch liegen bleibt. Was hältst du davon?" Rouven strahlte. „Die beste Idee seit Jahren. Der Spaziergang durchs Dorf lag mir schon seit Tagen quer im Magen. Jette ging es genauso. Ich liebe dich, Mama." Der Vorschlag Matildas fand sofort großen Anklang beim Rest der Familie. Sogar die beiden pubertären Mädchen, die sich in der Vergangenheit immer herausgeredet hatten dass ihnen viel zu kalt sei, sprangen hoch, und schlüpften begeistert in ihre Daunenmäntel. Des heiligen

Friedens willen ging Jette in den Keller hinunter, um den beleidigten Vater zu fragen, ob er nicht Lust hätte mitzukommen. Damit wollte sie natürlich auch vermeiden dass er ihr anschließend unterschwellige Vorwürfe machen konnte. Man habe ihn übergangen, ausgeschlossen, sowas in der Art. Sie kannte ihn schließlich, und wusste wie er reagieren konnte wenn es um solche Dinge ging. Er wollte *immer* gefragt werden, Jette war noch aus ihrer Kindheit bestens darauf präpariert. Wie erwartet – was Jette überhaupt nicht so ganz unrecht war – lehnte er ab. Lasse saß auf seinem alten Schaukelstuhl, glotzte nacheinander seine Zuchtbecken an ohne wirklich etwas zu sehen weil er zutiefst gekränkt war, und bot seiner Tochter einen jämmerlichen Anblick. „Als wäre er geschrumpft sitzt er da. Und würde er doch endlich einmal auf diese altmodischen Pullunder verzichten. Ich kann sie nicht mehr sehen", dachte Jette, sagte aber zu ihm: „Na gut Papa. Wie du willst. Ich kann dich nicht zwingen. Bis zum Kaffeetrinken sind wir wieder da. Bis später dann." Zehn Minuten später fuhr Matilda, neben ihrem Sohn sitzend, dem großen Wagen ihres Schwiegersohnes hinterher und war so glücklich wie schon lange nicht mehr. Froh darüber, dass nicht alle in ein Auto hineinpassten, konnte sie endlich mit ihrem „Engel" ein paar Minuten alleine sein. „Warum, glaubst du Mama, ist

Vater gegen mich so unverzeihlich? Wann wird er endlich mit seinen verflixten, bösartigen Sticheleien aufhören. Ich habe es mir doch schließlich nicht ausgesucht so zu sein wie ich nun einmal bin. Er hat mich mit seinen ständigen Beleidigungen so weit von sich weggetrieben, dass ich nichts mehr von ihm wissen will, nicht mehr fähig bin-, wenigstens in christlichem Sinne, den eigenen Vater zu achten. Nicht zu lieben... das funktioniert eine Ewigkeit nicht mehr, aber wenigstens zu achten. Alles was ich noch für ihn aufbringen kann, ist dieses letzte Quäntchen Akzeptanz, und auch nur deshalb, weil er schließlich mein Vater- und der Mann an deiner Seite ist. Dass ist mehr als wenig, und ganz schön traurig." Matilda spürte die Verletzungen ihres Sohnes im eigenen Herzen, so, als sei sie selbst davon betroffen, was womöglich auch nicht so ganz von der Hand zu weisen war. Sie hätte ihm so gerne die ganze Wahrheit gesagt, wenn sie den Skandal-, und die daraus resultierenden Konsequenzen nicht so sehr fürchten würde. Aber dazu war es jetzt noch viel zu früh, weil es längst zu spät dafür war. Wenn Lasse eines Tages vor ihr sterben würde, dann... Ja, dann würde sie ihm alles erzählen, und hoffte schon jetzt inständig, dass er ihr dann vergeben könnte, dieses Geheimnis all die vielen Jahre verheimlicht zu haben. „Ach mein Engel", antwortete Matilda aus

weichend auf die gefährlichen Fragen ihres geliebten Sohnes. „Nimm es dir nicht zu sehr zu Herzen.
Er ist nun einmal von seinen Ideologien so fest
überzeugt, dass keiner von uns etwas daran ändern kann. Deine Veranlagung ist und bleibt, für
ihn, eine unüberwindliche Abnorm, eine Sünde.
Lasse hat selbst sein Päckchen zu schultern dass
ihm ein ganzes Leben lang anhaftet wie klebriger
Teer. Vergiss nicht, dass er der Sohn eines Nazis
ist, und als kleiner Junge mehr Prügel bezogen hat
als er Brot zu essen bekam. Versuche ihm zu ver-
zeihen, damit tätest du dir selbst den größten Gefallen, glaube mir. Ich weiß wovon ich rede. Es gibt
nur diesen einen Weg. Tu es... Mir zuliebe." Rouven sah seine Mutter von der Seite an, und wusste
instinktiv dass sie damit Recht hatte. „Wenn es
doch nur so einfach wäre, so, wie diese Worte zu
sprechen sind, auch danach zu handeln", dachte er
resigniert. Sie näherten sich ihrem Ziel, und waren
alle völlig überrascht, wie viele Autos hier auf dem
Parkplatz standen. Sah ganz danach aus, als hätten
noch mehr Menschen diese Idee gehabt, genau hier
spazieren zu gehen. Rouven konzentrierte sich auf
die Suche nach einem geeigneten Platz, und durfte
gleichzeitig seinen Schwager nicht aus den Augen
verlieren. Damit war das Gespräch zwischen ihm
und seiner Mutter beendet. Matilda war froh darüber, dieses Terrain, dieses dünne Eis wieder ver-

lassen zu können. „Bei meiner Seele", betete sie still. „Bewahre mich vor einem Unheil, und beschütze meinen Sohn." Vor zwei Tagen hatte es etwas zu schneien begonnen. Nicht sehr viel, und vermutlich blieb er auch nicht lange liegen, aber es reichte aus, um Weihnachten wenigstens wie Weihnachten aussehen zu lassen. Das Kurviertel, mit seinen schönen alten Patrizierhäusern- das prächtige Kurhaus, die stilvolle Therme, der Kurpark, das kleine Flüsschen mit den Fußgängerbrücken. Alles hier sah verzaubert aus, ähnlich, wie in einem romantischen Wintermärchen aus einer pathetischen Filmkulisse. „Das war eine gute Idee, Omi", rief Lilly, und stürmte mit ausgebreiteten Armen auf Matilda zu. Sogar Jette wirkte etwas entspannter, und schenkte ihrer Mutter eines, von ihren seltenen Lächeln. Matilda war gerührt. Ihr machte die Distanz zu ihrer Tochter mehr zu schaffen als sie zugab. Wenn sie sich zu Hause in ihre Bücher vertiefte, musste sie wenigstens nicht hinsehen und erkennen dass das schöne Bild der heilen Familienwelt, nichts anderes war als ein gut verborgener Trugschluss. Eine rosa Brille, die zwischenzeitlich auf ihrem Nasenrücken festgewachsen schien, leistete gute Arbeit. Und jetzt? Hier und jetzt? Ein fremder, ein nichtsahnender, außenstehender Beobachter, hätte eine friedliche Familienidylle beobachten können, die einen ausgiebigen

Verdauungsspaziergang machte. Ihm wäre vermutlich nicht aufgefallen dass ein etwaiges Familienoberhaupt fehlte. Eine schöne, vaterlose Familie pilgerte in einer schönen Landschaft, und schlenderte in Richtung Salinental, um den fetten Gänsebraten zu verdauen. Rouven und Peter unterhielten sich angeregt, die beiden Mädchen rannten wild in der Gegen herum, mal vor-, mal hinter der kleinen Gruppe, und Matilda ging neben ihrer Tochter. Eine Seltenheit, erinnerte sie sich. „Ist ja nicht zu glauben, wie viele Leute hier unterwegs sind. Und ich habe völlig vergessen wie schön es in meiner Heimatstadt ist", schwärmte Jette. Das sah ihr gar nicht ähnlich. Gefühle zeigen in der Öffentlichkeit, war für Jette ähnlich wie Haare waschen an einem öffentlichen Brunnen. Matilda war innerlich ganz stolz auf sich, dass sie so spontan, einen guten Einfall gehabt hatte. Sie wusste selber nicht wie sie darauf gekommen war. Irgendetwas hatte sie dazu getrieben.

„Guuuten Taaag, verehrte Frau Mocho. Haben Sie auch zu viel geschlemmt, und machen einen kleinen Verdauungsspaziergang? Ist das nicht ein herrlicher Tag heute? Wo ist denn Ihr geschätzter Gatte? Ist er womöglich krank?" Matilda sah in das Gesicht einer sehr vornehmen Dame, die von einer kostbaren Fellmütze behütet wurde. Sie hatte sich bei einem Herrn untergehakt, von dem man nicht so genau wissen konnte, ob er ihr Mann, oder vielleicht ihr Sohn sei. Sein Gesicht wirkte jedenfalls jünger als das dieser vornehmen Frau. Matilda blieb – freundlich wie immer - mit Jette zusammen stehen, um den unerwarteten Gruß zu erwidern, und eine Antwort zu den gestellten Fragen zu geben. „Ähm... Ja. Guten Tag Frau... Frau..." Die feine Dame lachte herzlich, und befreite Matilda aus ihrer Verlegenheit. „Ja", trällerte sie fröhlich. „In dieser Verkleidung, so vermummt meine ich, hat man immer ein Problemchen die Leute zu erkennen, nicht wahr? Aber ich will jetzt meine Fellkappe nicht ausziehen, weil darunter eine desaströse Frisur zum Vorschein käme. Sie wissen ja wie das ist. Wärme geht vor Schönheit, nicht wahr?" Sie fügte noch ein gekünsteltes Lachen hinten an, welches eher an ein Theaterstück erinnerte, als an ehrliche Fröhlichkeit. Matilda nickte bestätigend, und bedauerte, ohne Mütze aus dem Haus gegangen zu sein. Mit ihrer Frisur, stand es nach all der schweißtreibenden, anstrengenden Kocherei, nicht gerade zum Besten. „Ich bin Frau Schill, Sie erinnern sich? Die ehemalige Direktorin ihres Mannes", zwitscherte die Fellmütze. Und jetzt erkannt Matilda die mondäne Frau, die sie schon so oft auf Veranstaltungen des Amtsgerichtes- und einmal bei einer sehr festlichen Messe in der Hauptkirche gesehen hatte. Man wurde damals tatsächlich einander vorgestellt, erinnerte sich Matilda. Sie bewunderte ihr vorzügliches Gedächtnis für Gesichter, und ahnte nicht im Entferntesten warum man ausgerechnet ihr – Matildas – Gesicht, so tief in der Erinnerung behalten haben sollte. Nicht weil Ihr Mann so ein guter und fleißiger Mitarbeiter gewesen war, nein, sondern weil er unter der Hand als unbeliebtester Kollege gehandelt worden war. Deshalb war er – Lasse – ein Gesicht das man so schnell nicht vergaß, über das geredet wurde, welches man zu meiden suchte. Matilda gehörte natürlich zwangsläufig dazu, ob sie nun wollte oder nicht. Sie war ja die Frau an seiner Seite, wenn er an diesen ungeliebten Veranstaltungen teilnehmen musste, weil es sich so gehörte. Diese ganze Arie die ihr hier von dieser Frau vorgespielt wurde, war nichts anderes als pure Oberflächlichkeit. „Natürlich", säuselte Matilda zurück. „Ja, die hübsche Mütze hat mich etwas irritiert. Aber jetzt erkenne ich Sie natürlich Frau Schill. Geht es Ihnen gut?" Matilda musste auf die Beantwortung ihrer ebenso oberflächlichen Frage verzichten, und bekam stattdessen etwas zu hören, was ihr das Weihnachtsfest nun endgültig und vollständig versemmelte. Etwas, dass sie eigentlich am liebsten überhaupt nicht gehört hätte. Frau Schill entschuldigte sich in aller Form, und einen Hauch zu überschwänglich, dafür, dass sie am Tage der Verabschiedung von Lasse Mocho, keine Sekunde Zeit gehabt habe. Ein wichtiger Fall erforderte damals ihre ganze Aufmerksamkeit, was sie quasi Unabkömmlich gemacht hätte. Es täte ihr unendlich leid, dass sich selbst hinterher, keine Gelegenheit mehr ergeben habe, ihn noch einmal zu Gesicht zu bekommen. Aber so spiele nun einmal das Leben. Selten sei Zeit für wichtige Dinge. Sie – die feine Dame – bedauere dies zutiefst, aber es sei nun einmal nicht zu ändern. Und sie – Matilda – solle ihm doch bitte ihre besten Grüße, und ihre allerherzlichste, aufrichtige Entschuldigung ausrichten. Sie wünsche ihm alles, alles Gute, und er solle seinen Ruhestand in vollen Zügen genießen. Sie reichte Matilda zum zweiten Mal das behandschuhte Händchen, trällerte eine triviale Verabschiedung, und schwebte am Arm dieses attraktiven Mannes davon, als würde sie auf der nächsten Bambi-Verleihung erwartet. Matilda stand in Gedanken ganz woanders. Mit leerem Blick sah sie dem Pärchen hinterher. Sie war von einem Blitz getroffen, der, ihr die absurdesten Gedanken verursachte. „Man muss von vielen Klippen springen, bevor einem Flügel wachsen", dachte sie düster und abwegig. Gerade so, als hätte sie, Matilda, an Stelle einer rosaroten Familienidylle, lebenslang nur beständig sämtliche Höllen durchschritten. Solche Macht übte diese Erkenntnis auf sie aus, dass diese Erkenntnis dazu fähig war, mit einem einzigen Schlag alles ans Licht zu bringen, was sowieso schon viel zu lange überfällig- und nur mit größter Mühe im Verborgenen gehalten worden war. „Die Lüge!" In ihrer Familie schien sie selbst wohl nicht die Einzige zu sein die log, gelogen hatte, und es immer noch tat. Ihr Mann hatte es auch getan. Aber warum? Dafür bestand doch überhaupt kein Anlass. Nicht der geringste. Was aber viel schlimmer war, das war die Erkenntnis darüber: Wer aus derart nichtigem Anlass schon die Wahrheit verheimlichte, der hatte noch ganz andere Leichen im Keller. Was für ein Abgrund sich hier vor ihr auftat. Ein Abgrund, über den sie allerdings Schweigen bewahren musste, weil sie selbst diesen uralten Dreck am Stecken mit sich herumtrug. Über siebenunddreißig Jahre alter Dreck, der natürlich und selbstverständlich kein Dreck- sondern, ein prachtvoller Sohn war, den sie über alles liebte. „Was ist denn mit dir, Mutter? Du bist ja auf einmal ganz blass. Das war doch nur die ehemalige Chefin von Papa. Was hat sie denn so fürchterliches gesagt, dass du die Farbe verlierst?" Matilda musste sich richtig zusammenreißen, und schnell reagieren, damit die Tochter keinen unnötigen Verdacht schöpfte. „Weißt du was Kind?" Jette schüttelte mit dem Kopf. „Mir ist es gerade siedeheiß durch den Kopf geschossen, ob ich bei diesem überstürzten Aufbruch nicht vergessen habe den Herd auszuschalten. Ich bin mir wirklich vollkommen unklar darüber, und kann mich nicht richtig erinnern. Ich glaube wir sollten besser umdrehen, was meinst du?" Matilda klopfte sich innerlich selbst auf die Schultern, und überlegte, ob nicht eine begnadete Schauspielerin an ihr verloren sei. Sie schaffte es sogar, ein wirklich bekümmertes Gesicht zu machen. „Quatsch", beruhigte Jette die beunruhigte Mutter. „Das haben wir sofort. Ich rufe schnell Papa an, der kann nachsehen. Alles halb so wild." Matilda beobachtete ihre Tochter wie sie mit ihrem Vater telefonierte. Sie fühlte sich ziemlich schlecht, weil sie so unverfroren gelogen hatte. Ein schlechtes Gewissen wollte sich trotzdem nicht einstellen. Stattdessen, gehrte eine aufsteigende Wut in ihr hoch, die ihrem Mann galt. Nach der Wut schielte die Neugierde um die Ecke, die zu gerne gewusst hätte, warum er das getan hatte. „Alles in Ordnung", berichtete Jette erleichtert. „Der Herd war aus. Komm... die andern sind schon so weit gelaufen, wir müssen uns ein wenig beeilen. Das macht wenigstens ein bisschen Hunger auf Kuchen. Sputen wir uns."

Lasse – aufgeschreckt durch den Anruf seiner Tochter – nutzte die Gunst der Stunde, und eilte auf den Dachboden. Nichts war ihm jetzt wichtiger als diese heimlichen Liebesbriefe von diesem Robert in Sicherheit zu bringen. Mit etwas Pech liefe er womöglich Gefahr, dass es seiner verlogenen Frau nicht entgangen war, wie intensiv er Rouvens Haare betrachtet hatte. Lasse wusste ganz genau, dass sie sich oft absichtlich dümmer stellte als sie in Wirklichkeit war, und spürte eine innerliche Warnung, einen Drang etwas zu unternehmen. Mit diesem wertvollen Fund, von dem Matilda nichts ahnte, war er fein raus. Hier hatte er ein todsicheres Pfand im Besitz, mit dem, er vor allem sich selbst freisprechen konnte. Dagegen war die Sache mit Dolores die reinste, kleinste Kleinigkeit. Es war an der Zeit sich selbst großzügig zu vergeben. Sein schlechtes Gewissen…? Schnee von gestern. Die Zeiten in denen er sich quälte waren ab sofort Geschichte. Lasse war obenauf. Ganz weit oben. In Zukunft brauchte er nur noch mit dem Finger zu schnipsen, und Matilda müsste ihm zu Diensten sein. Sie hatte ihn mit einem Kuckuckskind beschmutzt. Ihn ausgenutzt, belogen und betrogen. Seinen Ruf beschädigt. Nie im Leben hätte er einen schwulen Jungen gezeugt. So etwas gab es in seiner Familie nicht, so ein Dreck, so eine Abartigkeit. Er würde umgehend dafür sorgen, dass dieser Bastard nichts erben würde. Und Matilda auch nicht. Das hatte sie nicht verdient. „Noch ein Weilchen die Füße still halten", redete Lasse mit sich selbst. „Nur noch warten bis dieses vermaledeite, verhasste, scheinheilige Weihnachten vorüber ist, und dann klar Schiff machen. Wenigstens war ihm diese lästige Christmette erspart geblieben, weil es so stark geschneit hatte. „Ha... Ich bin der König der Spürhunde. Der beste Detektiv den die Welt je gesehen hat. Soll mir mal einer sagen ich hätte keinen Instinkt, Ha... denjenigen werde ich aber eines Besseren belehren." Mit irrem Blick, und diabolischem Grinsen im grauen Gesicht, eilte er wieder die Treppe hinunter, und verschwand in seinem Fischkeller. Vorsichtshalber hatte er auf dem Dachboden wieder alles so hergerichtet, dass Matilda nichts bemerken würde, falls sie schon einen Teil dieser lächerlichen, verspielten Weihnachtsdekoration nach oben brächte. Der genaue Zeitpunkt, wann er die Bombe platzen lassen wollte, musste mit Bedacht festgelegt werden. Wann genau – das würde man sehen. Abwarten. Nicht auffällig benehmen. So tun als ob. Matilda in Sicherheit wiegen. Rouven nicht mehr ärgern. Den Ball flach halten. Eine Menge Spielregeln galt es in diesem miesen Spiel genauestens zu berücksichtigen, wenn man einen finalen, vernichtenden Treffer landen wollte. Eine Strategie. Eine Kriegslist. Endlich kam wieder etwas Farbe in sein graues Gesicht. Letzte Woche dachte er noch: „Wäre Zeit eine Währung, dann schenkte man ihm davon viel." Vorbei, die Zeit der Zeit im Überfluss. Die

Uhr begann wieder zu ticken. Tick tack, tick tack, tick tack…

„Na…? War`s schön dort draußen im Schnee? Habt ihr Spaß gehabt", fragte Lasse scheinheilig, als die Familie wieder zur Tür hereinkam. Matilda sah Rouven ganz irritiert an, und fragte ihren Sohn mit den Augen: „Was ist denn in den gefahren?" Rouven hob ratlos die Schultern und deutete ein leichtes Kopfschütteln an. „Ich habe schon einmal den Kaffeetisch für euch gedeckt, damit du nicht so viel Arbeit hast, Matilda. Aber vermutlich habe ich es nicht richtig gemacht, weil ich das noch nie zuvor getan habe. Mir war langweilig. Ich hoffe ihr freut euch." Nun wurde es Jette sogar unheimlich. Im Geiste rief sie schon den Notarzt an. Irgendetwas stimmte nicht mit ihrem Vater. Tisch decken? Die Lage war ernst. Matilda ging auf Lasse zu, und streichelte ihm mit dem Handrücken lächelnd über seine rosarote, erfrischte, faltige Wange. Sie war vollkommen überwältigt, und bereit seine kleine Lüge unter den Tisch fallen zu lassen. Vermutlich, so beruhigte sie sich, wollte er nur vertuschen, dass es die Direktorin nicht für nötig befunden hatte, ihn höchst persönlich zu verabschieden. Die Sache war ihm wohl ziemlich peinlich, weil sie seine Wertschätzung sabotierte. „Dankeschön Lasse", sagte sie versöhnt zu ihrem urplötzlich engagierten Ehemann. „Das wird schon alles in bester

Ordnung sein, wie du das gemacht hast. Danke."
Lasse zog unmerklich seinen Kopf zurück. Von
dieser falschen Schlange wollte er nicht einmal
mehr berührt werden. Ihm wurde blitzartig klar,
dass seine neue Strategie in der Praxis schwerer
umzusetzen war, als er sich das alles in der Theo-
rie ausgedacht hatte. Jeder Schritt, jeder Handgriff,
jedes Wort wollte gut überlegt sein. Ein Stück harte
Arbeit lag vor ihm. Den Tag „X" musste er möglichst lange hinauszögern, damit er sich, mit sü-
ßem Sadismus daran ergötzen konnte. Dieses böse
Spiel hatte durchaus angenehme Seiten. Man durfte sie auf keinen Fall verschwenden. Einfach unbe-
schreiblich befriedigend dieses Gefühl, etwas zu
wissen, wovon der andere nicht wusste dass man
es weiß. Vorsichtig beteiligte Lasse sich an den
Gesprächen am Kaffeetisch. Es gelang ihm sogar
Rouven geschickt zu umschiffen. Kein böses Wort
kam über seine Lippen. Lasse lobte Matildas Back-
künste ausgiebig, und eine Spur zu übertrieben.
Jette traute dem Braten nicht. Wenn sie sich unbe-
obachtet fühlte, betrachtete sie ihren Vater etwas
genauer. Hin und wieder vernahm sie ein merkwürdiges Lächeln in seinem Gesicht, welches sie
so noch nicht kannte, noch nie gesehen hatte. Irgendetwas war entweder geschehen, oder irgendetwas führte er im Schilde. Nur was? Jette beließ
es dabei, und beschloss die Sache im Auge zu be-

171

halten. Morgen Mittag würden ihre Eltern zum Essen nach Frankfurt kommen. So wie jedes Jahr. Dann würde sie sehen ob diese plötzliche Wende ein Echtheitszertifikat verdiente.

Beim Abschied weinte Matilda als sie ihren Sohn ein letztes Mal umarmte. Sie wusste ja bereits was die anderen noch nicht wissen konnten. Nämlich: dass er schon morgen Vormittag nach Hamburg weiterfliegt, und beim Essen in Jettes und Peters Haus nicht dabei wäre. „Ich liebe dich mein Engel", flüsterte sie ihm ins Ohr, so, dass es die anderen nicht hören konnten. Zusammen mit ihrem Mann stand sie in der Haustür, und winkte dem schweren Wagen hinterher. „Wäre das auch überstanden", stöhnte sie. Ich brauche mindestens bis in die späten Abendstunden bis ich alles wieder aufgeräumt habe. Aber das ist es wert, wenn man seine Kinder so selten zu Gesicht bekommt, nicht wahr?" Lasse gab keine Antwort. Es war Zeit um die Nachrichten einzuschalten, und sich ein bisschen zu ärgern, sonst käme er noch vollkommen durcheinander…so ohne Ärger. „Ach übrigens… Lasse", rief Matilda ihm hinterher. Er drehte sich um, und brummte ein kurzes: „Was denn?" Matilda strahlte ihn an, und behauptete doch glatt: „Du warst heute Nachmittag, nachdem wir wieder zurück waren, wirklich ganz entzückend. Nochmals Dankeschön. Wirklich." Nun musste er aufpassen was er antwortete. Es ging schon los. Noch viel eher als erwartet. Vielleicht sollte er überhaupt nicht antworten, aber das wäre zu unhöflich und auffällig. Also sagte er – etwas süffisanter als beabsichtigt: „Du auch Matilda. Du auch. Du, bist schon seit mehr als siebenunddreißig Jahren, wirklich entzückend." Lasse drehte ab, und schlurfte weiter ins Wohnzimmer, die erstaunte Matilda in die Küche – ihr Reich. Ihr geblümtes Reich. Nach zehn Minuten unterbrach sie ihre Arbeit und machte wieder einmal ihren Rücken gerade. „Was hat er bloß damit gemeint", dachte sie über Lasses Bemerkung nach. Wie sollte sie das verstanden haben, dass *sie* schon seit über siebenunddreißig Jahren wirklich entzückend sei. Sollte es am Ende eine Anspielung auf Rouven sein. Rouven, der in Kürze siebenunddreißig Jahre alt würde? Etwas an dieser Bemerkung stimmte nicht. Matilda hatte ein feines Gespür für Untertöne wenn es darauf ankam. Sie stellte sich nur deshalb gerne so dumm, weil sie in der Vergangenheit damit erfolgreich, sich anbahnende Konflikte umgehen konnte. Ihre Art, sich Lasse gegenüber naiv und unbeholfen zu geben, war nichts weiter als eine kleine List, um ihm den überheblichen Wind aus den Segeln zu schöpfen. Sie gönnte ihm seine kleinen Erfolge, wenn er wieder einmal herauskehren musste, dass er wegen irgendeiner lächerlichen Lappalie Recht behalten hatte. Ihr Magen meldete sich ganz unerwartet. Ihr Magen... der auf Derartiges viel eher reagierte als sie selbst. Vielleicht sollte sie sich einmal untersuchen lassen, ob nicht ihr Magen mit dem Gehirn den Platz getauscht hatte, und keiner hatte es bemerkt. Dieser kleine Scherz war nicht dazu geeignet Matilda zu beruhigen. Ohne es zu wollen... Matilda war gewarnt. Hier stimmte etwas nicht. Auf ihren Magen konnte sie sich stets verlassen. Freundlichkeiten von ihrem Mann waren so selten wie das erblühen einer Nachtkerze. Ein paar Meter weiter, nebenan im Wohnzimmer, hätte Lasse sich am liebsten die Haare gerauft. „Verflixt", dachte er grimmig. Wenn das nicht mal sein erster Patzer gewesen war. Er musste etwas entspannter an die ganze Sache herangehen, sich zusammenreißen, darauf achten was er sagte, sonst würde er sich seine köstliche, süße Rache noch verderben. Jetzt bloß nicht auffallen, und ganz normal bleiben. So wie immer. Sparsam mit Höflichkeiten.

Ja, wer bist du denn?

„Zwischen den Feiertagen ist viel zu viel los in der Stadt", argumentierte Lasse. „Ich fahre lieber erst wenn der ganze Zauber mit der Umtauscherei wieder vorbei ist." Aber Matilda ließ einfach nicht locker. Sie wollte partout zusammen mit Lasse ins Zoofachgeschäft mitkommen, und ihn anschließend ins benachbarte Möbelhaus entführen, um ihm – womöglich - endlich eine neue Küche schmackhaft zu machen. Nein. Sie beabsichtigte darauf zu bestehen. Die Zeit war reif. Versprochen war sie schon eine Ewigkeit, diese neue Küche, und immer war etwas Unvorhergesehenes dazwischengekommen. Jetzt, nachdem er in den ehrenvollen Ruhestand eingekehrt war, hatte er keine Ausrede mehr. Matilda hielt ihm ein Bündel Geldscheine- knappe tausend Euro unter die Nase, die sie durch bedachtsamen Einkauf, vom Haushaltsgeld zusammengespart hatte. Lasse war sichtlich überrascht. Eine angenehme Überraschung, musste er sich eingestehen. Um nicht noch aufzufallen gab er Matildas Drängen nach. „Na gut", maulte er. „Nach dem Mittagessen fahren wir. Aber hetz mich nicht." Eine neue Küche war Matildas sehnlichster Wunsch. Sie konnte den Gelsenkirchener Barock selbst nicht mehr sehen. Wenn es ihrem Mann nachgegangen wäre, dann bliebe das gute

Stück im Haus, bis es eines Tages in sich zusammenfallen würde. Bis zum Ende aller Tage. Hatte er nicht selbst vor kurzem den Vorschlag gemacht die Wände alle weiß zu streichen? Dann könnte man die ganze Chose gleich in einem Aufwasch erledigen. „Ich würde dafür sogar auf den alljährlichen Dänemark-Urlaub verzichten", schob sie ein weiteres Argument hinterher, um einen eventuellen Rückzieher ihres Mannes zu vermeiden. Damit wollte sie ihren guten Willen und ihre Dankbarkeit bekunden. Matilda konnte nicht ahnen, dass sie damit aber wohl eher in ein Wespennest gestochen hatte, denn Lasse hatte ein paar Tage später-, nachdem Tobias und Ohle mit ihren Frauen zum Essen bei ihnen gewesen waren, an dem Abend von Lasses letztem Arbeitstag, bei Tobias angerufen, und ihn gefragt, ob sie nach Ostern – wenn die kurze Saison wieder vorbei wäre – wie in den Jahren davor, wieder zehn Tage Urlaub dort machen könnten. Umsonst, versteht sich. So, wie es vorher Usus gewesen war. Lasse hatte sich eine gestotterte, aber eindeutige Absage eingefangen. Das Haus sei vergeben, behauptete Tobias eiskalt. Und im nächsten Jahr sei es nicht viel besser. Die Cousine seiner Frau würde auf diesen Termin bestehen. Es ginge also nicht. Und überhaupt… Sie wollten das Haus jetzt selbst öfter nutzen, er sei ja schließlich auch nicht mehr der Jüngste, nicht wahr. Das wa-

176

ren klare Worte, und Lasse begriff sie. Auf die alljährliche Einladung zum Brunch am ersten Januar,
bei Ohle zu Hause, warteten sie in diesem Jahr
vergeblich. Bis jetzt hatte Ohle sich noch nicht gemeldet. Der erste Januar war in ein paar Tagen,
stand quasi vor der Tür, und nichts rührte sich.
Lasse musste sich mit der bitteren Erkenntnis ab-
finden, dass seine Freunde ihn fallen ließen, wie
eine heiße Kartoffel. Matilda musste jetzt auch
noch darin herumrühren. Das schmerzte. Diesen
ärgerlichen Umstand-, diese peinliche Wahrheit
wollte er vor ihr nicht zugeben. Also willigte er
notgedrungen in ihre lästige Forderung ein, und
fuhr mit ihr ins Zoofachgeschäft, um sich anschließend durch einen riesigen Möbelladen zu quälen
und sich die alten Füße platt zu laufen. Dieser
Nachmittag konnte sich als sehr anstrengend und
langwierig gestalten. Da machte er sich nichts vor.
Lasse überlegt hin und her, ob er Matilda nicht
jetzt schon zur Rede stellen sollte, um die ganze
Sache abzukürzen. Nur… dann hätte er sich selbst
einer Genugtuung beraubt, und dazu war es noch
entschieden zu früh. „Nach Silvester", entschied
er. Und dann nicht sofort. Auf dem Weg ins Gewerbegebiet sprachen sie kaum ein Wort miteinander. Jeder hing seinen eigenen Gedanken hinterher und schenkte dem anderen kaum Beachtung. Matilda dachte sich nichts dabei, weil sie

ihren Mann nicht anders, als so einsilbig wie jetzt, kannte. Daran war nichts Ungewöhnliches zu bemängeln. Wie nicht anders zu erwarten, war der schöne Schnee von Weihnachten fast vollständig verschwunden. Die Stadt zeigte sich ungemütlich und grau. Nasskalt und abweisend. Passend zu Lasses innerer Stimmung. Sein Herz begann zu schmerzen als sie an dem großen Hochhaus vorbeifuhren. Diesem dominanten Gebäude, in dem er über fünfzehn Jahre lang ein- und ausgegangen war, und sich sein Wohlbefinden abgeholt hatte. Dolores wäre jetzt, zwischen den Feiertagen, an denen sowieso keine einträgliche Kundschaft zu erwarten war – wie jedes Jahr – bei ihrer Schwester auf Mallorca. Er gönnte ihr diesen Tapetenwechsel von ganzem Herzen. Sie war eine gute, einfühlsame Frau, mit einem Herzen, so groß wie der Hauptbahnhof. Verstohlen betrachtete er sie triste Fassade der Siebziger-Jahre-Architektur, und zehrte von seinen Erinnerungen. Matilda sah in die entgegengesetzte Richtung und versäumte die Melancholie auf dem Gesicht ihres Ehemanns.

„Liebe Güte. Das ist ja riesig. So hätte ich mir das nicht vorgestellt, Lasse. Jetzt verstehe ich auch, warum du immer eine Ewigkeit unterwegs warst, wenn du alle vier Wochen hier deinen Einkauf erledigt hast. Hier kann man sich wirklich in der Zeit verlieren." Matilda war sichtlich angetan von all den unterschiedlichsten Angeboten, den vielen Fischen, die in unzähligen illuminierten Becken umherschwammen. Von der unfassbaren Farbenpracht, den exotischen Exemplaren, für die man viel Geld hinlegen musste, und den Terrarien mit Tieren darin, die sie noch nie gesehen hatte. Am meisten war sie angetan von den Meerwasseraquarien. So etwas hatte sie bisher noch nicht zu Gesicht bekommen. Familie Mocho war noch nie an irgendeinem Meer, außer an der dänischen Nordsee. Seepferdchen suchte man dort vergeblich. Lasse sah sie eine Spur zu spöttisch an, und dachte: „Du dumme Pute. Wenn du wüsstest. Keine viertel Stunde habe ich mich hier aufgehalten, ich hatte Besseres zu tun." In diesem Moment kam der Verkäufer um die Ecke und hielt Lasse zwei zwanzig Euro Scheine unter die Nase. „Guten Tag Herr Mocho, schön Sie zu sehen", begrüßte er seinen Stammkunden gut gelaunt. „Mehr habe ich nicht herausholen können. Tut mir leid. Aber Sie wissen ja selbst dass einer von den vier Fischen eine kleine Missbildung hatte. Für den konnte ich nicht den vollen Preis erzielen. Aber, für Ihren großen Ice-Blue... für den habe ich einen Käufer, der bereit ist fünfzig Euro zu bezahlen. Sie müssten ihn nur gelegentlich einmal vorbeibringen. Er – der Käufer - will ihn auch für seine Zucht nutzen. Ihr perfektes Foto von diesem Prachtexemplar hat

ihn schwer beeindruckt. Ist doch genial, oder?"
Daran hatte Lasse nicht gedacht. Dass das passieren könnte, dieses Fiasko, das hatte er nicht im Entferntesten, nicht annähernd einkalkuliert. Das nicht. Wie dumm von ihm. *„Gott-verdammte-verflixte-Scheiße-nochmal"*, fluchte er innerlich so laut, dass man es außen schon fast hören konnte. Am liebsten wäre er auf der Stelle unter dem schwimmenden Estrich verschwunden. So gut es ihm seine schlechte Verfassung erlaubte, bedankte er sich höflich beim vorlauten Verkäufer – er konnte ihm schließlich keinen Vorwurf machen – und steckte das Geld achtlos in seine Manteltasche. Matilda, die die Szene sehr aufmerksam beobachtet hatte, brauchte diesmal nicht sehr lange um zwei und zwei zu addieren. Mit in Falten gelegter Stirn sah sie Lasse voll ins Gesicht, sagte aber keinen Mucks, was für Lasse eine viel höhere Strafe bedeutete, weil er sich weder rechtfertigen- noch mit ihr streiten konnte. Wenn sie wenigstens eine einzige Frage stellen würde, wäre ihm wohler in seinem Fell aus dünner Haut gewesen. Aber dieser vorwurfsvolle Blick… Lasse kaufte hastig das nötigste Futter ein. Er wollte nur noch weg hier. Wissen, ob Matilda doch noch etwas sagen würde, oder ob sie ihren Kurs beibehielt, ob sie überhaupt verstanden hatte was hier vor sich ging, und was sich daraus entwickeln würde, das war jetzt vor-

rangig - stand an erster Stelle, war lebenswichtig. Seine Nerven waren bis zum Anschlag gespannt. Ungeduldig stand er in der Warteschlange und trat nervös von einem Fuß auf den andern. Matilda neben ihm, spürte seine Unsicherheit und seltsame Unruhe. Ihr entging kein Atemzug, kein Blick, keine Geste. Diese merkwürdige Energie ihres Mannes war derart unangenehm, dass sie sich wieder entfernte, und in Richtung der großen Pinnwand langsam davon schlenderte. Sie tat so, als interessiere sie sich für die angeschlagenen und ausgeschriebenen Angebote „von Kunde zu Kunde." Lasse verfolgte sie aufmerksam mit seinem stechenden Blick. Deshalb bemerkte er viel zu spät, wie ein kleines Hündchen eilig auf ihn zuraste, um ihn hysterisch zu begrüßen. Dieser winzige Hund wollte sich kaum noch beruhigen, und stieg aufgeregt an Lasses Beinen hoch, zappelte, kläffte, und machte für seine Größenverhältnisse einen beachtlichen Aufstand. Matilda beobachtete neugierig die Szene, und ging langsam auf ihren Mann zu, der in diesem Augenblick, erschrocken seinen gesamten Einkauf auf die Erde knallen ließ. Sie konnte gerade noch hören, wie diese Frau, der dieser kleine Hund offenbar entwischt war, ihren Mann mit Vornamen ansprach und ihn sogar duzte. Duzte? Ja. Matilda hatte sich nicht verhört. Eine sehr auffällige, elegante Frau, und eine sehr ungewöhnliche, befremdliche- jedoch eindeutige Szene. Die Dame verstand offenbar Lasses Kommandos nicht, als er mit den Augen versuchte Dolores auf seine Frau aufmerksam zu machen. Zu spät. Matilda hatte sehr wohl, längst mitbekommen, dass hier gewisse Vertrautheiten vorherrschten. Die entsetzten Blicke ihres verdatterten Mannes waren ihr nicht entgangen. Auch wenn sich Lasse noch so sehr bemühte die Situation in letzter Sekunde noch zu retten, indem er sich zu dem Hündchen hinabbeugte, und mit verstellter Stimme trällerte: „Ja, wer bist du denn?" Matilda hatte genug gesehen und genug begriffen. Das entsetzte Gesicht dieser Person, dieser fremden Frau, quittierte ihren richtigen Eindruck. So sah nur jemand aus der Wäsche, den man quasi „In flagranti" erwischt hatte. Matilda hatte selten im Leben in so zwei schuldbewusste Gesichter geblickt. Sie wusste in diesem Augenblick nicht was mehr in ihr aufwühlte: Das Gefühl der Genugtuung, oder das Gefühl der tiefen Enttäuschung. „Ich warte am Auto auf dich", sagte sie völlig emotionslos zu Lasse, der zu einer Antwort nicht mehr fähig war. Wäre er in Ohnmacht gefallen, Matilda würde sich darüber nicht großartig wundern. In seinem Gesicht las sie das pure, blanke Entsetzen. Sie ließ die beiden einfach stehen und ging hinaus. Die frische Luft tat Matilda gut. Sie überlegte nicht lange hin und her, brauchte nur ein paar Sekunden bis sie einen festen Entschluss fasste: Sie würde ihn mit ihrem Schweigen so lange leiden lassen, und ein schmerzvolles Katz und Mausspiel mit ihm spielen, bis ihm die Puste ausging, und er sich äußerte was hier Sache war. Sie würde sich vorläufig dumm stellen. Solange, bis er mit der Sprache herausrücken würde, wie er seine Bemerkung gemeint hatte, als er in der Küche zu ihr sagte, dass sie schon über siebenunddreißig Jahre lang *entzückend* sei. Sie wollte Klarheit darüber haben, was ihr Mann über dieses Foto dachte, sich zusammenreimte, was er wusste oder ahnte. Damit würde sie ihn in den Wahnsinn treiben. Und kurz bevor ihn der Wahnsinn packen würde, wäre es an der Zeit sich gemeinsam an einen Tisch zu setzten und eine Bilanz zu ziehen. Eine längst überfällige Bilanz. In zwei Monaten wurde sie sechzig. Zeit zu verlieren wäre eine Sünde. Was sich hier gerade eben abgespielt hatte, war ihr gleichgültig. Sollte er tatsächlich ein Verhältnis mit einer anderen Frau gehabt haben oder haben; ginge für sie deswegen die Welt nicht unter. Dass ihr Mann sich seit Jahrzehnten nicht mehr zu ihr legte war Matilda nicht ganz unrecht. Darauf fehlte ihr der Appetit so gänzlich. Sie machte sich selbst nichts vor. Wozu auch. Es ist wie es ist. In anderen „alten" Ehen, wird es nicht viel besser aussehen. Keine Genugtuung, aber eine

Erkenntnis die Matilda tröstete. Wenn er gleich herauskäme, und sie würde keinen Ton sagen, brächte sie ihn in die allergrößte Bedrängnis. Und so wollte sie es halten.

„Was glaubst du Lasse… Ob wir Glück haben, und eine Küche finden, die aus der Ausstellung heraus verkauft wird? Damit kann man eine Menge Geld sparen, nicht wahr?" Im inneren dachte Matilda nicht im Traum daran Geld zu sparen. Sie würde sich für die teuerste Variante entscheiden, die sie aus Lasse herauskitzeln konnte. Und wenn sie, eines Tages vielleicht, ausziehen müsste - man konnte schließlich nie wissen - aus dem gemeinsamen Familienhaus, in dessen Grundbuch allerdings nur Lasse eingetragen war, dann würde sie die neue Küche mitnehmen. So viel stand fest. „Wie hat dir eigentlich Jettes neue Küche vorgestern gefallen? Die sah doch recht hübsch aus, oder?" Matilda musste achtgeben, dass sie es nicht auf die Spitze trieb, sonst hätte Lasse ihr Spielchen zu schnell durchschaut. Lasse klammerte sich schockgefrostet ans Lenkrad und starrte geradeaus, so, als müsse er auf vergrabene Mienen achten. Zwischen seinen Synapsen war der Teufel los. „Was? Ach so… Ja, ja", stammelte er sich etwas zurecht. Daran konnte Matilda erkennen, dass er ihr überhaupt nicht richtig zuhörte, denn Lasse wusste so gut wie sie selbst, dass Jettes neue Küche über vierzigtausend Euro kostete. Peter war in solchen Dingen sehr großzügig, sein Haus und sein Auto waren sein Heiligtum, sein ganzer Stolz. Um ein Haar wäre Lasse an der Straße vorbeigefahren an der sie abbiegen mussten. Matilda landete hart im Sicherheitsgurt, so ruckartig bremste er die alte Familienkutsche ab. Matilda schwieg beharrlich. Beschwerte sich nicht. Vor dem großen Möbelhaus angekommen, entschuldigte sich Lasse knapp, dass er dringend zur Toilette müsste, und eilte mit schnellen Schritten davon. Erst als die leichte Kabinentür ins Schloss fiel, atmete er schwer aus. Es tat ihm leid, dass er Dolores so angefaucht hatte, schließlich war diese Begegnung nicht ihre Schuld. Aber den dummen kleinen Köter, den sollte sie in Zukunft etwas besser festhalten, damit er sich nicht bei der nächstbesten Gelegenheit wieder davonmachen konnte. Ihre Schwester war krank geworden, und hatte deswegen die alljährliche Reise abgesagt. Deshalb war diese Begegnung überhaupt erst möglich. Sonst wäre das nicht passiert. Lasse war sich vollkommen sicher ihr nicht zu begegnen. Dolores ihrerseits, machte Lasse Vorwürfe darüber, dass er neuerdings seine Frau mitnahm, wenn er in seinen geliebten Zoofachhandel fuhr. Damit solle er in Zukunft besser rechnen, diese Möglichkeit bestünde doch immer, womit sie natürlich vollkommen Recht hatte. Das war leichtsinnig und unbedacht. Nur… wie sollte er Matilda davon überzeugen, dass er mit seinen alten Gewohnheiten nicht brechen wollte, und lieber weiterhin alleine einkaufen ging. Die Luft wurde langsam dünn, er müsste sich etwas einfallen lassen. Noch eine Hand voll kaltes Wasser ins Gesicht, und Lasse marschierte zu seiner Frau zurück, die restlos entspannt auf ihn wartete. „Diese Frau von eben", setzte er selbstbewusst zur Erklärung an. „Die ist… die war…" Matilda ließ ihn nicht ausreden. Sie wusste, dass er sich in Lügen verstricken würde, und schonte ihn. „Ja ich weiß. Ihr Fischleute kennt euch untereinander. Ich dachte bisher nur immer, dass Frauen sich für dieses langweilige Hobby nicht interessieren. Ist das nicht eher ungewöhnlich?" Matilda musste achtgeben, dass sie bei ihren Worten nicht grinste. Lasse, der sichtlich erleichtert ausatmete, sagte leichtfertig: „Nö. Ich kenne eine ganze Menge Frauen die dort ihren Einkauf erledigen. Dort gibt es doch nicht nur Fische. Sie kauft das Futter für ihr Hündchen, das mich erkennt, und sich gefreut hat mich zu sehen. Manchmal habe ich einen Leckerbissen für ihn dabei. Ein Hund vergisst so etwas nicht. Wie heißt es doch so schön? Ein Hund ist auch im Sturme treu, der Mensch nicht mal im Winde." Oberwasser war in Sicht. Das lief besser als gedacht. Lasse fühlte innerlich sehr stolz auf sich, wie leicht ihm doch diese Lügen über die Lippen rutschten. Er entspannte sich ebenfalls, lockerte seine verkrampften, schmerzenden Schultern, und schlenderte neben seiner Frau, gemütlich auf die Küchenabteilung zu, um sich zu informieren was hier so alles angeboten wurde. „Komisch. Ich verstehe gar nicht, wie man vor einem derart winzig kleinen Hund, dermaßen erschrecken kann, dass einem alles aus der Hand fällt. Und irgendwas ist dir wohl ins Auge geraten, oder warum hast du so ein merkwürdiges Augenballett veranstaltet? Und mit der sprichwörtlichen Treue seinem Frauchen gegenüber, nahm er, dieser hysterische Winzling, es ja auch nicht so wirklich genau, oder?" Das musste Matilda einfach loswerden. Lasse sollte sich nicht *zu* sicher fühlen. Diese Bemerkung saß, das sah sie ihm an, weil er sofort wieder die Schultern hochzog. Ein emsiger Verkäufer unterbrach diese gefährliche Unterhaltung, und rettete die verfahrene Situation, indem er die beiden ansprach, um sich zu erkundigen, ob er irgendwie behilflich sein dürfe. Nach einem unendlichen Marathon von einer Küche zur nächsten, war Matilda sich ganz sicher, dass sie genau diese Küche haben wollte, vor der sie jetzt standen. Man nahm gemeinsam Platz in einer separaten Ecke, in der ein Schreibtisch mit Computer stand, und besprach die einzelnen Details. Matilda äußerte noch einen speziellen Wunsch. Sie wollte unbedingt einen dieser modernen Dampfgarer haben, und doch einen weiteren, einen provokanten Wunsch: Eine Mikrowelle. Lasse verabscheute diese Dinger, und deshalb musste eine her. Jetzt extra. Der Verkäufer meinte, dass diese Dampfgarer ganz schön teuer seien, und man sich gut überlegen sollte, ob man sie auch häufig genug nutzte. Er wollte sich mit einem zu hohen Preis das Geschäft nicht versauen. Der Ehemann machte nicht gerade einen wohlhabenden und großzügigen Eindruck auf ihn. „Och…", meinte Matilda fröhlich lächelnd. „Das wird schon noch drin sein. Mein Mann, müssen Sie wissen, ist ein sehr erfolgreicher Fischzüchter, und verdient damit eine Menge Geld nebenher. Wir haben gerade eben einen Eis-Fisch für fünfzig Euro verkauft. Und zu Hause haben wir noch eine ganze Menge davon. Sie vermehren sich wie die Karnickel. Rechnen Sie den Dampfgarer ruhig hinzu. Wir nehmen die Küche. Machen Sie den Vertrag fertig, mein Mann unterschreibt ihn, nicht wahr *Schatz?"* Bei diesem Wort ließ Lasse den Autoschlüssel fallen, mit dem er, die ganze Zeit schon nervös herumgespielt hatte. Er tauchte kurz ab um ihn wieder aufzuheben, und dachte, abgefüllt mit gärendem, aufkochendem Hass: „Ich habe soeben das Bedürfnis dich umzubringen. Ich glaube ich gehe jetzt besser." Die Endsumme übertraf seine schlimmsten Befürchtungen. Matilda überspannte den Bogen, und er saß wie ein Opferlamm daneben, und unternahm nichts dagegen. Für eine Malerfirma würden die Ersparnisse vermutlich nicht mehr ausreichen. Jetzt müsste er tatsächlich selbst Hand anlegen. Was dachte sie sich nur dabei, so plötzlich das Geld mit vollen Händen aus dem Fenster zu werfen? Woher nahm sie diese unbekannte Selbstsicherheit? Hatte sie am Ende doch die peinliche Situation von eben durchschaut, und nahm sie ihm die Geschichte nicht ab, die er sich zur Erklärung zurechtgelegt- und doch eigentlich überzeugend zum Besten gegeben glaubte? „Ach nein", erinnerte er sich: Sie selbst war diejenige, die sie ihm regelrecht in den Mund gelegt hatte. Sie verstellte sich doch nur, um ihn in Sicherheit zu wiegen. Was genau wusste oder ahnte sie? Was wog hier schwerer: ein Kuckuckskind, oder über fünfzehn Jahre kostspielige Therapie bei einer erfahrenen Domina? Ach und noch etwas. Natürlich das unterschlagene Geld aus den Verkäufen der Nachzucht. Dass musste er fairer Weise auch mit einbeziehen in seine Überlegungen. Ohne wirklich anwesend zu sein, nahm Lasse den Kugelschreiber in die Hand, und setzte seine Unterschrift unter das vernichtende Dokument. Matilda setzte der Show die Krone auf, indem sie sich zu ihrem Mann hinüberbeugte, und ihm einen schallenden Kuss auf die eingefallenen Wangen drückte. „Habe ich nicht einen wundervollen Mann?" Matilda strahlte wie am Tage der Wiederankunft Jesus Christus. Der Verkäufer war zufrieden, Matilda war zufrieden, und Lasse war ein kleines bisschen gestorben. Er wollte nur noch nach Hause. Damit hatte er allerdings die Rechnung ohne seine Wirtin gemacht. Matilda klopfte kindisch auf ihrer Handtasche herum, und meinte: „Und zur Feier des Tages, gehen wir jetzt in ein schönes Restaurant zum Essen. Ich habe auch schon eine Idee wo genau." Mit letzter Kraft schleppte sich Lasse hinter seiner Frau zum Wagen. Für einen wirkungsvollen Widerspruch reichte seine Kraft nicht mehr aus. Lasse fühlte sich tatsächlich wie ein armes Opferlamm. Die Klinge dicht am Hals. „*Ich* fahre", salutierte die überdrehte Ehefrau. „Überraschung! Ich verrate dir nicht wohin wir essen gehen. Überraschung!"

Ein chinesisches Restaurant. Das fehlte ihm gerade noch. Was sollte er hier denn essen? Hund? Von Hunden war er vorerst bedient. Und woher kannte Matilda dieses Lokal? Traf sie sich hier mit jemandem, während er sich die ganzen Jahre auf dem Amt abgeschuftet hatte? Möglich war alles. Überraschungen schienen neuerdings an der Tagesordnung zu sein. Ein überfreundlicher Kellner kam an den Tisch und fragte nach den Wünschen seiner Gäste. Er strahlte Matilda an, als würden sie sich tatsächlich schon lange kennen. Lasse war auf der Hut. Matildas Bestellung kam prompt, und wie aus der Pistole geschossen: Knusprige Ente mit Gemüse und Reis. Danach gebackene Bananen. Sie kannte sich also aus, die Gute. Lasse tat sich sichtlich schwer. Eine Ewigkeit waren sie nicht mehr zum Essen ausgegangen. Nach diesem unfreiwilligen Frühstück, welches ihm heute noch in den Knochen steckte, war er fest entschlossen, es nie wieder zu tun. Außerdem kochte Matilda viel zu gut Gutbürgerliches. Nicht so einen undefinierbaren Fraß, von dem man nie wissen konnte was sich darin befand. Der hilfsbereite Kellner machte Lasse diverse Vorschläge, und erklärte einzelne Gerichte. Das Wort „Komposition", bereitete ihm Schwierigkeiten in der Aussprache, und er verheddterte sich. Mit einem Wisch deutete Lasse ihm, dass er schweigen solle, und beffte: „Ich nehme das Gleiche wie meine Frau." Damit war für ihn die Sache erledigt. Was sollte er sich noch lange dieses Gestammel anhören. Schmeckte doch ohnehin alles gleich. Matilda - der Lasses abweisende Handbewegung sichtlich peinlich war - maßregelte ihren Mann. Das war neu. Niemals zuvor wäre ihr das in den Sinn gekommen. Nicht in aller Öffentlichkeit. „Warum bist du denn so unfreundlich", stellte sie beherzt ihre unnötige Frage. Lasses Augen hinter seiner Brille wurden gefährlich klein. Was erlaubte sie sich hier in aller Öffentlichkeit? Was waren das für neue Manieren? „Papperlapapp", schnodderte er ungehalten zurück. „Komponist, Kommunist, Kolumnist, Kartoffelkist... bla, bla, bla. Wie soll er sich da auskennen der Ausländer? Kann man ihm doch nicht verübeln dem Ausländer. Kann ja nicht einmal richtig Deutsch... der Ausländer. Warum sind wir überhaupt unbedingt hierhergegangen? Hast du das Kochen verlernt? Ich fühle mich ganz hübsch überrumpelt, Matilda. Nur dass du es weißt. Das ist *eine* Ausnahme, die *nicht* einreißen darf und wird. Hast du mich verstanden? *Ich* bin derjenige der für auskömmliche Finanzen sorgt, und *ich* treffe weiterhin die wichtigsten Entscheidungen, *was* mit diesem Geld geschieht. Ich hoffe, ich habe mich klar ausgedrückt. Ja?" Beschämt von seinen eigenen Worten senkte er sofort wieder seinen Blick, und knetete die Papierserviette nervös hin und her. Ein wenig war er übers Ziel hinausgeschossen, das bemerkte er selbst. Hoffentlich würde Matilda ihm das nicht nachtragen, und hier einen handfesten Streit vom Zaun brechen. Rückgängig zu machen war hier nichts mehr. Zu spät. Gesagt war gesagt. Matilda, die ihr Kinn auf die Fäuste gestützt- ihn schweigend ansah, räusperte sich, und sagte: „Weißt du Lasse... wenn wir hier schon dabei sind die Dinge klarzustellen, und Spielregeln in Erinnerung zu bringen, möchte ich dir bei dieser Gelegenheit auch etwas sagen, womit ich mich schon eine geraume Zeit selbst belaste." Gewarnt hob Lasse den Blick, und schielte seine Frau an. „Aha", dachte er. „Jetzt packt sie vermutlich aus. Hübsch in der Öffentlichkeit wo ihr nicht viel passieren kann. Auf neutralem Terrain sozusagen. Na das kann ja heiter werden." Wenn nicht schon sein Essen bestellt wäre, stünde er auf und ließ sie einfach sitzen. Aber es tat ihm viel zu Leid ums Geld. Was konnte er denn jetzt noch tun, um das Schlimmste zu verhindern? Nichts. Resigniert sackte er in sich zusammen, und ließ das Unheil über sich hereinbrechen. Lasse kam nicht einmal mehr dazu, sich die passenden Worte zurechtzulegen, um Matilda endlich wissen zu lassen, dass *er* Kenntnis davon hatte, das Rouven überhaupt nicht sein Sohn ist. Mit dieser Aussage würde er den Sieg davontragen, so viel stand fest. Aus diesem Grunde konnte jetzt auch nicht allzu viel passieren. Er müsste nur schneller sein als sie. Matilda unterbrach seine Befürchtungen, und meinte: „Es ist etwas, was ich dir schon lange sagen wollte, Lasse. Ich habe mir das auch wirklich gut überlegt, und alles in die Waagschale geworfen, was dort hineingehört. Die letzten beiden Monate, seit du nicht mehr arbeiten gehest, habe ich mich im Haus nicht mehr so recht wohl gefühlt. Ständig beobachtest du mich, hast alle mögliche

Dinge und Abläufe zu bemängeln- bist sogar eifersüchtig auf meine Bücher, und verbreitest eine depressive Stimmung im Haus. Neuerdings stört es dich dass ich schnarche, das ich den lieben langen Tag diese klassische Musik dudeln würde, dass ich zu lange lüfte, und die Atmosphäre heizte, dass ich viel zu oft Wäsche waschen würde und überhaupt: Was du heute Morgen gesagt hast, bringt bei mir das Fass zum überlaufen. Ich dusche ganz gewiss nicht länger als eine Miesmuschel, und ich verschwende ganz gewiss nicht unnötiges Wasser. Deine ständigen, nörgeligen Einmischungen gehen mir gehörig auf die Nerven. Deshalb habe ich beschlossen, ab März – vorerst halbe Tage – arbeiten zu gehen, und ab sofort getrennt von dir zu schlafen. Davon lasse ich mich nicht mehr abbringen." Damit konnte er nicht rechnen. Wie auch? Sie hat sich ihre Unzufriedenheit ja nie anmerken lassen. Nie einen Ton gesagt. Von Rouven wollte Lasse jetzt nicht anfangen. Hier waren der falsche Ort, und der falsche Zeitpunkt. „Ha...", Matildalein. Mach dich doch nicht lächerlich. Du wirst in ein paar Wochen sechzig Jahre alt. Wer soll dich denn nehmen? Du kannst ja nix außer..." –„Außer was", fuhr Matilda dazwischen. „Wolltest du vielleicht sagen, dass ich außer putzen, kochen, waschen, hinter dir herräumen, nichts weiter kann? War es das, was du sagen wolltest?" Wie ein

Jo-Jo hüpfte er von einem Fettnäpfchen ins nächste. Lasse ärgerte sich selbst über seine unbedachten Reaktionen. Sie brachte ihn aber auch heute dauernd aus dem Konzept. Was war denn bloß los? „Ach Matilda", versuchte er einen versöhnlichen Ton anzuschlagen. Bleibe doch einmal sachlich. Was willst du denn arbeiten? In diesem Alter bekommt man bestenfalls noch eine Stelle an einer Supermarktkasse. Und das wirst du dir ja nicht antun wollen. Und mir bitte auch nicht. Ich habe einen Ruf zu verlieren, nicht wahr?" Matilda grinste unverschämt, und rief damit Lasses Wut auf den Plan. „Schöner Ruf", maulte sie. Keine Sau will etwas von uns wissen, weil du auf dem Gericht als Schweinehund bekannt warst. Niemand will- oder wollte mit uns befreundet sein, und wer sich je dazu überwinden konnte, den hast du der Reihe nach vertrieben mit deiner introvertierten Art. Da wollen wir uns jetzt auf unsere alten Tage aber nichts vormachen. So ist es doch. Mache dir keine Gedanken über meine Fähigkeiten. Eva, du erinnerst dich an meine einzige Freundin, die du vor Jahren schon vergrault hast, hat mir eine Stelle in der Bücherei besorgt. Dort geht eine Mitarbeiterin in Rente, und ich darf sie ersetzen. Und die getrennten Schlafzimmer sind längst beschlossene Sache. Jeder von uns beiden braucht seine Ruhe. Du am meisten." Thema erledigt. Matilda lehnte sich zurück, und schmatzte erwartungsvoll dem Kellner entgegen, der mit dem Essen auf den Tisch zusteuerte, und sich unzählige Male lächelnd verbeugte. Lasse war wieder einmal zu wie eine Auster. Er machte keinen Mucks mehr. Mit dieser ganzen Arie hier, fühlte er sich erneut überrumpelt. Die neue unbekannte Eigenständigkeit seiner Frau schlug ihm auf den malträtierten Magen, passte ihm nicht, ganz und gar nicht. Trotzdem aß er alles auf. Bis auf den letzten Krümel. Mit dem Reislöffel kratzte er sogar die pikante Sauce aus der Servierschüssel, und vergaß seine vorbildlichen Tischmanieren. Er beschwerte sich sogar darüber, dass diese Schlitzaugen kein deutsches Brot anbieten konnten. Die Ente schien ihm geschmeckt zu haben. Matilda registrierte es mit tiefer Genugtuung. „Aber immer erst meckern", dachte sie befriedigt.

Im neuen Jahr wird alles anders.

Ein trauriges Schauspiel. Andere Worte konnte Matilda dafür nicht finden, wenn sie an diese erzwungene, gespielte, friedvolle Idylle der Jahreswende gestern dachte. Wie Jäger und Gejagte schlichen sie einander um die Beine. Vermieden ehrliche Worte, ehrliche Gesten, und offene Blicke. Begegneten sich wie zwei Fremde im eigenen Haus. Silvester. Um Mitternacht wurde ein Handschlag ausgetauscht, der an den von Jizhak Rabin und Arafat erinnerte. Kein Kuss, keine Umarmung, keine ernstgemeinten guten Wünsche. Klirrende Kälte. Aus lauter Unsicherheit warf Lasse mit dem Ellbogen auch noch die weiße Gilde-Figur vom Fenstersims herunter. Er entschuldigte sich lange und umständlich dafür, was ihm gar nicht ähnlich sah. Als sei dies wichtig oder von Bedeutung, diese billige Ding. Das kleine Malheur reichte aus um ihn aus der Fassung zu bringen. Er täuschte, kurz nach Mitternacht, gespielte Müdigkeit vor und verschwand im Schlafzimmer. Matilda war alleine zurückgeblieben, und hing bis in die Morgenstunden ihren Gedanken noch lange nach. Wo sollte das noch hinführen? Der erste Januar entwickelte sich auch noch zur Qual. Eigentlich sollten sie jetzt bei Ohle und seiner Frau zu Gast sein, und den alljährlichen Brunch genießen.

Eine Einladung war tatsächlich ausgeblieben. Matilda war jedoch auch der Ansicht, dass sie – die feinen Freunde - es ein wenig unauffälliger hätten machen können, ihren Mann *so* derart schnell, so offensichtlich, fallen zu lassen. Diese Art und Weise war beschämend, so durchschaubar. Das verdiente Lasse nicht dass man ihn so abservierte. Nicht, nachdem er alle seine Fälle an die beiden Freunde übermittelt- und sie mit einträglichem Aufträgen versorgt hatte. Andrerseits - dieser Denkzettel schien vielleicht dazu geeignet, ihn auf einen erträglicheren Lebenspartner zurechtzustutzen. Wenn er sich nicht ein wenig ändern würde, dann wäre eine gute Zukunft eher ungewiss, sogar infrage gestellt, zumindest aber, schwer zu ertragen. Um ein wenig Leben und zerstreuende Abwechslung in die vier Wände zu bringen, sagte Matilda beim Mittagessen: „Nachher werde ich meinen Wunsch, getrennt von dir zu schlafen, in die Tat umsetzen. Rouvens altes Kinderzimmer, schon ewig leerstehend und ungenutzt, ist dazu bestens geeignet. Man muss nichts verändern. Dort werde ich es mir gemütlich machen. Dann hast du und ich; jeder sein eigenes Reich, jeder seine kostbare Ruhe, jeder einen ungestörten Schlaf." Lasse hörte auf zu kauen, und blinzelte über den Tisch hinweg Matilda an. „Was…? Wie…? Ach so. Nein, nein. Das kommt nicht infrage. Ich will dass du das große Schlafzimmer behälst. Du hast so viel mehr Kleidung und Schuhe als ich. Außerdem ist in Rouvens Zimmer ein Fernseher. Den will ich haben, damit du hier unten deine merkwürdigen Frauensendungen in Ruhe ansehen kannst." Matilda war sehr überrascht. Nicht nur dass ein langer, unerfreulicher Disput ausblieb, ihr Mann zeigte sich geradezu einsichtig. Erfüllte ihr den ungewöhnlichen Wunsch und hatte nichts zu maulen, keine Vetos. Nach dem Essen verzichtete er sogar auf seinen halbstündigen Mittagsschlaf, und stampfte mit hängenden Schultern die Treppe hoch um seine persönlichen Sachen auszuräumen. Lasse machte Platz.

Die Tage vergingen in der Alltagsroutine zweier Menschen, die keiner festen Beschäftigung mehr nachgingen. Die neue Küche würde bald angeliefert, und Vorbereitungen mussten getroffen werden. Matildas Geburtstag ging in diesem ganzen Durcheinander unter wie ein sinkendes Schiff. Jette rief morgens an, und erzählte ihr, dass beide Mädchen mit einer Grippe im Bett lagen, und sie auf Trapp hielten. Sie könne in diesem Jahr unmöglich vorbeikommen. „Auch nicht schlimm", stöhnte Matilda ins Telefon. Sie erzählte ihrer Tochter, dass es hier aussehen würde, als seien die Husaren, auf dem Weg zum nächsten Feldzug, einmal quer bei ihnen durchs Erdgeschoss geritten.

Übermorgen käme die neue Küche, und der Vater verdinge sich als Maler. Sie kenne ja ihren Vater: Wenn er mal was anfassen würde, sei es gerade so, als wenn zwei andere etwas loslassen. Sie kämen nur langsam voran, und ständig würde er fluchen wie ein Seemann. Unerträglich sei das. Aber sie hätten es ja bald geschafft. Jette versprach bald vorbeizukommen, und eine Besichtigung vorzunehmen. In einer kleinen, improvisierten Mittagspause rief Rouven an, um der Mutter zu gratulieren. Er klang etwas bedrückt, weil er Weihnachten noch nicht ganz verdaut glaubte. Es hinge ihm immer noch nach, gab er zu. Das würde er sich nicht mehr antun, und sie – Matilda – sei stattdessen, herzlich eingeladen ihn zu besuchen. Sie könne bleiben so lange sie wolle, damit sich die lange Reise auch lohne. Den Vater mal alleine zu lassen, sei bestimmt nicht die schlechteste Idee, damit er einmal spüren könne, wie sehr sie sich um ihn kümmere, und er das nicht mehr zu schätzen wüsste. Matilda erzählte ihm von den getrennten Schlafzimmern, und dass der Vater nun in seinem alten Kinderzimmer schliefe. Diese Veränderung sei eine brillante Idee gewesen, man sei viel entspannter. Diese Neuigkeit quittierte Rouven mit einem herzlichen Glückwunsch, und ließ seine Mutter wissen, dass er ohnehin nie wieder in die Verlegenheit kommen würde, dieses Zimmer zu nutzen. Ihre Entscheidung sei die richtige gewesen. Ein wenig mehr Freiheit habe noch niemandem geschadet. Sie verabschiedeten sich herzlich wie immer, und versprachen sich bald wiederzuhören. „Es wird sich zeigen", dachte Matilda. Sie war sich noch nicht ganz sicher, ob sie eines Tages den Mut aufbringen würde, ihren unbeholfenen Mann, tatsächlich ein paar Tage alleine zu lassen. Matilda legte den Hörer auf, und ging zurück ins Küchenchaos. Ohne sich zu seiner Frau umzuwenden sagte Lasse: „Na…? War das dein homosexueller Sohnemann? Ich dachte schon du kommst überhaupt nicht mehr zurück. Die Zeit drängt, ich brauche jede Hand." Matilda blieb ihm eine Antwort schuldig. Hier war jetzt der falsche Zeitpunkt um darauf einzugehen. Sie konnte es auf den Tod nicht ausstehen, wenn er das Wort „homosexuell" benutzte. Sie mochte es einfach nicht. Warum, dass konnte sie sich selbst nicht erklären. Natürlich war sie prüde, sie wollte es gar nicht abstreiten, aber „homosexuell" wäre ihr auch nicht über die Lippen gekommen, wenn es nicht so gewesen wäre. Rouven war schwul, und damit Basta. Aber was sollte die Anspielung, als Lasse ihn als ihren Sohn bezeichnete? „Dein homosexueller Sohnemann", hatte er gesagt. Dein. Das Telefon schrillte erneut. Matilda eilte zurück in die Diele und nahm ab. Eva. Natürlich wollte sie nicht nur zum Geburtstag gratulieren, sondern auch noch loswerden, dass sie sich auf nächsten Montag freute, wenn Matilda ihren ersten halben Arbeitstag antreten würde. „Ich habe nicht viel Zeit", flüsterte Matilda in den Hörer. "Wir reden Montag, ja?" Eva verstand, und verabschiedete sich. Das war wohl die letzte Störung für heute. Sonst würde niemand mehr anrufen der an sie dachte. Der feine Freundeskreis hatte sich ja in Luft aufgelöst. Mechtild und Doris würden sich ganz bestimmt nicht an ihren Geburtstag erinnern. Und wenn doch, wären ihre Männer dagegen, dass ihre Frauen bei ihr anriefen. Sie und ihr Mann waren längst abgehakt. Lasses Bemerkung wegen Rouven, drückte ihr auf den Magen, verursachte einen Kloß im Hals, der sich nicht so ohne weiteres hinunterschlucken ließ. Ohne bewusste Absichten, beobachtete Matilda ihren Mann mit Argusaugen. Vielleicht konnte sie an seinem Gesicht etwas ablesen, oder an seinen Blicken, wenn er sie – den ganzen Tag schon – so giftig ansah. Sie überlegte, ob sie ihn später darauf ansprechen sollte, oder – wie immer – seine Spitzen einfach ignorierte. Nachmittags, machten sie eine weitere, kleine Pause um Kaffee zu trinken, und ein paar Brote zu essen. Matilda stellte die Sachen vor ihren Mann auf den niedrigen Wohnzimmertisch, weil die Möbel im Esszimmer mit Folien abgehängt waren. Dabei ließ sie ihn nicht eine Sekunde aus den Augen, wollte seine Stimmung überprüfen, und ob sie etwas erkennen konnte was sie seit dem Anruf ihres Sohnes beschäftigte. „Was ist? Warum siehst du mich schon die ganze Zeit so merkwürdig an? Oder warum siehst du mich so an, wenn es nichts zu sehen gibt. Glaubst du ich bemerke das nicht? Ich komme mir vor, als sei ich, ohne mein Wissen, mit einem Mitglied des israelischen Mossad verheiratet. Willst du mir etwas sagen? Dann sag's, und höre auf mich so anzuglotzen. Das ist ja schrecklich, dieser vorwurfsvolle Blick, Menschenskind noch eins." Matilda hörte auf zu kauen, und riss die Augen wütend auf. Mit vollem Mund sagte sie: „Schon möglich. Aber du hast mich ja beizeiten in die Küche deportiert, und außer Gefecht gesetzt, nicht wahr. Keine Angst Lasse, ich glotze dich nicht länger an. Ich freue mich auf meine Arbeit in der Bücherei, als habe man mir die halbe Welt geschenkt. Dort finde ich mit Sicherheit nette Kollegen die mir auch einmal zum Geburtstag gratulieren." Das saß. Lasse schnappte nach Luft. Nicht nur, dass sie es tatsächlich ernst damit meinte, wirklich arbeiten zu gehen, ihm war doch tatsächlich entfallen dass sie heute sechzig Jahre alt wurde. Ein runder Geburtstag, und er hatte ihn vergessen. Wie peinlich. Und wie sehr musste sie verletzt sein. Wenn er über sich selbst nachdachte, konnte er ahnen wie sie sich fühlte. „Du bekommst doch eine neue, sündteure Küche. Ist das nicht ein großartiges Geburtstagsgeschenk? Oder, warum glaubst du, habe ich mich damit einverstanden erklärt. *Ich* brauche keine neue Küche. Ich nicht. Das ist *dein* Reich, deine Küche. Und außerdem: Ich wollte dich heute Abend zum Essen einladen, und dir *dann* in aller Form gratulieren. Das hast du mir jetzt versaut, nur dass du es weißt." Großartig. Das war einfach großartig. Lasse war so stolz auf sich, und überrascht von seinen kreativen Einfallsreichtum, dass er in diesem Moment den Boden unter den Füßen verlor. Er wuchs. Geübt und trainiert, aus vielen zurückliegenden Jahren, in denen er unentdeckt ein pikantes Geheimnis mit sich herumjonglierte, schien er zu einem Mann von Welt gemausert zu sein. Diese unbekannte Spontanität überwältigte ihn. Das war ein Sieg. Der *„schwarze Peter"* lag wieder auf der Spielseite seiner Frau. Matilda stand auf um die Tupper-Dosen wieder auf die Terrasse zu stellen, weil die Küche seit vorgestern ausgebaut war. In der Öffnung zur Terrassentür blieb sie stehen, und drehte sich zu ihrem Mann um. „Das glaubst du jetzt selbst nicht, oder?" Damit ließ sie ihn sitzen, und ging wieder an die Arbeit. Matilda schien sein Spiel zu durchschauen, und ließ sich nichts mehr vormachen. Diese Zeiten waren endgültig Geschichte. Die Wahrheit musste sowieso eines Tages auf den Tisch, da machte sie sich nichts mehr vor. Es ist so viele Jahre gutgegangen, so viele Jahre verdrängt worden, und irgendwann in eine reale Wahrheit hinübergeglitten, die unbestritten als Wahrheit anerkannt worden war. Irgendwann… bald müssten sie Farbe bekennen, weil ein dummes Foto alles wieder nach oben gespült- und durcheinander gebracht hatte. Wenn man etwas lange genug lebte, wurde tatsächlich eine eigenständige Wahrheit daraus. Dies traf auch auf die Eheleute Mocho zu. Sie machten hier keine Ausnahme. Furcht vor einer Aussprache brachte sie nicht mehr weiter, sie machte sie nur noch kleiner, als sie ohnehin schon waren. Die Lüge hatte sich in diesem Haus eingenistet wie eine Schar giftiger Schimmelpilze. Das musste aufhören. Bald. Und ab Montag… Ab Montag war sie wer. Ab Montag war sie ein vollständiges Mitglied der Gesellschaft, und nicht mehr, nur eine devote Hausfrau, die sich von ihrem Mann benutzen ließ wie eine unterbezahlte Angestellte. Ab Montag wäre sie – Matilda – eine eigenständige Persönlichkeit mit eigenen Füßen. Sie würde sich mit voller Kraft auf die Suche nach ihrem verschütteten Selbstbewusstsein machen, und so lange danach suchen, bis sie die zerbrochenen Scherben wieder zusammenfügen konnte.

Viele Bücher und Päckchen.

Mit so einer herzlichen Begrüßung konnte Matilda nicht rechnen. Dass fremde Menschen sich tatsächlich so auf *sie* freuten, war etwas sehr Außergewöhnliches. Nicht nur Eva freute sich wie ein Kind, nein. Ihre neue Chefin und eine ältere Dame, die sich als studierte Historikerin herausstellte, strahlten sie voller Herzenswärme, und ohne Konkurrenzgedanken, an eine etwaige Rivalin, an. Was man so alles hörte, wenn Frauen miteinander arbeiteten, trieb ihr - *vor* diesem Tag - kalte Schauer über den Rücken. Furcht vor diesem ersten Tag, konnte Matilda nicht abstreiten. Eifersüchteleien, Intrigen, Neid und Missgunst. Die Liste war lang. Frauen konnten richtige Biester sein, hörte man. Hier – in dieser kleinen Runde - nicht, so schien ihr erster Eindruck. So viel Menschenkenntnis besaß sie. Matilda ließ alle wissen, dass sie sich ein wenig vor ihrer neuen Aufgabe fürchtete, und kündigte an, sich wirklich größte Mühe geben- und niemanden enttäuschen zu wollen. Man beruhigte sie mit liebevollen Worten, und das „Meister" grundsätzlich nicht von den Himmeln fielen, und jeder von ihnen, habe schließlich auch irgendwann einmal klein angefangen Bücher zu verkaufen. Die Kundschaft zu beraten sei eine Sache, die, wenn man sie aus echter, überzeugter Leidenschaft tat, schnell zu erlernen sei. Außerdem erwarteten die Kunden nicht, dass man jedes einzelne Buch aus diesem vielfältigen Geschäft, selbst gelesen hätte. Dies sei ohnehin nicht möglich, alleine schon der Fachbücher wegen. Man müsse nur immer genau wissen wo alles steht, damit die Kundschaft die Kompetenz spürt. Meist wüssten die selbst ganz genau was sie kaufen wollten. Die Sicherheit ergäbe sich im Laufe der Zeit von alleine. Für die Beantwortung ihrer Fragen, sei jeder zuständig, der sich gerade im Raum aufhielte. Davon solle sie Gebrauch machen sooft die Situation es erfordere. „Das hört sich doch alles ganz gut an", schwärmte Matilda ihrer Freundin Eva vor, und nahm sie erleichtert in den Arm. „Wie ungewohnt das alles für mich ist, kann ich überhaupt nicht in Worte fassen. Was glaubst du... ob ich mich als brauchbar erweisen kann?" Eva lachte über diesen Einwand. „Ach Hildchen... stelle dich nicht dümmer als du bist. Vermutlich hast du weit mehr Buchtitel gelesen als ich. Du wirst schon sehen: Frau von Wesel ist die netteste, verständnisvollste Chefin die man sich überhaupt vorstellen kann." Matilda brauchte sich nicht erst mit dieser Bücherei vertraut zu machen. Seit vielen Jahren war sie hier eine gerngesehene Stammkundin. Nur die Bücher die ihr zum Kauf zu teuer waren, lieh sie sich in der städtischen Bücherei aus. Dort fragte sie auch zuerst an, ob man eine Aushilfe genbrauchen könnte, weil sie nicht wollte, dass Eva sich ausgenutzt vorkäme. Als sie ihrer Freundin davon erzählte, war sie sichtlich entsetzt, was Matilda für schräge Gedanken und unnötige Bedenken mit sich ausfocht. Matilda dachte aus lauter Rücksicht auf die Belange ihrer Mitmenschen, ihrer einigen Freundin gegenüber, manchmal um die absurdesten Ecken herum. Ihr wurde klar, dass in ihrem neuen Selbstbewusstsein, so eine überflüssige Umständlichkeit keinen Platz mehr fand. In Gedanken und Handlung etwas freier zu werden, wäre zumindest ein guter Anfang. „Schritt für Schritt", motivierte sie sich, und ließ sich eine erste Beschäftigung zuweisen.

Lasse tat sich damit sehr viel schwerer als seine Frau, sich schon wieder mit einer neuen Situation abzufinden. Einverstanden war er mit Matildas Plänen keineswegs. Er argumentierte dagegen was ihm gerade in den Sinn kam, und konnte nichts bei ihr erreichen. Sie blieb dabei, auch ohne seinen Segen. Im Oktober, am letzten milchigen Oktobervollmond, als erstes die endgültige, unwiderrufliche Beendigung seines eigentlichen sinnvollen Lebenssinnes, dann eine nagelneue unnötige Küche die ihm eine Spur zu modern daherkam, und jetzt auch noch eine Frau die vormittags aushäusig, einer unsinnigen Arbeit nachging. Ein bisschen viel auf einmal. Wenn man der Flexibilität nicht so zugeneigt war, konnte man bei diesem Rhythmus leicht aus dem Takt geraten. Mittagessen gab es ab sofort eine Stunde später als gewohnt, und Matilda kochte ab jetzt immer für den nächsten Tag vor, weil ihr sonst die Zeit zu knapp wurde. Neuerdings behielt Lasse den gesamten Vormittag über seinen Schlafanzug an. Er fing an sich gehen zu lassen. Matilda frühstückte noch gemeinsam mit ihm, und verließ danach – für seinen Geschmack - zu gut gelaunt das Haus. Vor ein Uhr war sie nie zurück, was ihm insofern entgegen kam, dass er ungestört schludern konnte. Schnell ändern sich Zeiten und Gewohnheiten. War es früher nicht so, dass er derartige Disziplinlosigkeiten strengstens verabscheute? Er, sie, es mussten nur anders sein, fremd, abweichend von Normen, Gesetzen, Konventionen, und schon überzog er die Dinge, Menschen und Besonderheiten mit seinen Vorurteilen, seiner Ablehnung und seinem Hass. Bloß nichts undeutsches, unmoralisches, disziplinloses, Andersartiges tolerieren. Dazu gehörte auch eine ungepflegte Erscheinung, glaubte er zu wissen. Und jetzt? Seine neue Lebensart ließ nicht viel Raum, für entschuldigende Interpretationen. Lasse, der ehemalig gesetzesanbetende, strenge Behördenmitarbeiter, saß in seinem Glashaus und warf mit dicken Steinen um sich. Wer selbst bei Zeiten mit Steinen warf, der braucht sich nicht zu ducken, entschied Lasses Amygdala-Zone im Gehirn schon in ganz jungen Jahren. Sein Geheimnis mit Dolores war längst großzügig vergeben, vergessen und vorbei. Nicht der Rede wert, nicht vergleichbar mit Matildas gut gehütetem Geheimnis. Und wozu rasieren? Lasse verkam Zusehens, und Matilda ließ ihn gewähren. Außer seinem Fischkeller war ihm jeglicher Halt entglitten. Tobias und Ohle meldeten sich nicht mehr, jemand anderen gab es nicht. Lasse war geschwisterlos und einsam. Sein Vater sagte damals - als er noch ein Kind gewesen war: dass ein Krüppel- ein verzärteltes Bübchen, in der Familie ausreichen würde. Weitere Schwangerschaften kamen nicht infrage. Mutters Focus, ruhte einzig und alleine auf ihm, dem verzärtelten Bübchen. Als sie starb wurde sein Herz so hart wie Stein. Mit einem ungehaltenen Wisch vertrieb er diese trüben, schmerzenden, demütigenden Gedanken. Lasse, wollte sich zur Ablenkung, lieber noch einmal mit den Bildern beschäftigen, die aus Matildas jungen Jahren stammten. Viele waren es nicht mehr, weil Jette so beherzt zugegriffen hatte, aber wenigstens dieses… dieses eine-, dieses äußerst wichtige Bild, das war noch da. Daran konnte er erkennen wie dumm seine Frau doch war. Er, an ihrer Stelle hätte dieses vernichtende Beweisstück sofort verschwinden lassen. Was wäre gewesen, wenn es plötzlich nicht mehr auffindbar gewesen wäre? Er stünde ohne Nachweis- mit leeren Händen da. Zum dritten Mal las er die Liebesbriefe von diesem Robert durch, und hätte wer weiß was dafür gegeben, wenn er einen Antwortbrief von Matilda zu fassen bekommen hätte. Das war leider nicht möglich, sie befanden sich beim Absender dieser aufschlussreichen Liebesbriefe. Bei diesem Robert mit den roten Haaren. Zwischenzeitlich war ihm sogar der Nachname von diesem Galan wieder eingefallen. Die Suche im Telefonbuch hatte ergeben, dass es diese Fahrschule sogar noch gab, allerdings wurde sie von einem Nachfolger betrieben, der nicht sein Sohn zu sein schien. Was er nun plante war schäbig, zugegeben. Aber nur so konnte er Matilda angemessen bestrafen. Die Sache mit seinem Testament stand jetzt an erster Stelle. Lasse wusste sogar schon zu welchem Notar er gehen wollte. Er durfte niemand sein den er womöglich von Amtswegen kannte. Derjenige durfte nicht einmal aus der Stadt kommen. Die Welt war ein Dorf, immer dann, wenn man es am wenigsten gebrauchen konnte. Diese unselige Begegnung mit Dolores war ihm eine nachhaltige Lehre. Wenn er daran zurück dachte, zog sich sein Gedärm zusammen, und nahm ihm die Luft zum Atmen. In Zukunft würde er keine unbedachten Fehler mehr begehen. In Zukunft nicht mehr.

Matilda machte ihre Arbeit großen Spaß. Sie

blühte auf wie eine Rose in der warmen Sonne. Mit Höchstgeschwindigkeit absolvierte sie ihre Eingewöhnung, und erwies sich als unerwartet belesen. Sie konnte schon am Abend nicht abwarten, wann endlich der nächste Morgen wieder anbrach und sie in die Freiheit entließ. Die Tage plätscherten so dahin und blieben ohne besondere Vorkommnisse. Langsam aber sicher, manifestierte sich ein neuer Lebensrhythmus. Lasse würde sich bestimmt irgendwann wieder fangen, und schon bald, selbst über sich erschrecken, wenn er in den Spiegel blicken würde. Er brauchte eben etwas länger um sich abzufinden. Matilda ahnte nichts- konnte nicht ahnen von Lasses perfiden Plänen. Sie war aufrichtig guter Dinge dass bald alles wieder ganz normal sei. Spätestens dann, wenn das Frühjahr der Welt seine Wärme schenkte, und man im Garten wieder etwas arbeiten konnte. Das würde ihn schon wieder auf den Teppich holen. Und solange wollte sie ihn in Ruhe lassen. Dass er womöglich eine kleine Affäre gehabt hatte- oder immer noch hat, darüber sah sie großherzig hinweg. Er betrog sie ja nicht wirklich, denn in ihrer Ehe war dieses Thema längst at Acta gelegt. „El niñjo" war seit Jahrzehnten an der Macht. Zu beschönigen gab es hierbei nichts. So war es, und so blieb es. Und war es nicht sowieso viel besser, wenn man Verdrängtes dort beließ, wo es sich befand? In der Versenkung? Direkt neben den Lebenslügen? Ja. Die Wahrheit zu betrachten war für niemanden ein Vergnügen. Was ihr allerdings sehr zu schaffen machte, war die Tatsache, dass hauptsächlich Frauen hier vorbei kamen, und nach Büchern suchten, die eine Lebensberatung für verfahrene Situationen beinhalteten. Bevorzug wurde esoterische Literatur verlangt. Nur die gebildeteren unter ihnen wagten sich an anspruchsvollere Ratgeber. Sogar junge Frauen, hübsche Frauen, von denen man es am wenigsten erwartet hätte, waren ständig auf der Suche nach diesen literarischen Krücken. Nicht selten kam es sogar vor, dass sie - diese Frauen - mit Tränen in den Augen die Buchtitel lasen, und sich verstohlen umblickten ob man sie dabei beobachtete. Einige von ihnen lehnten aus diesem Grund sogar eine Beratung ab. Mit ihrem Kummer blieben sie lieber alleine. Männer bildeten einen verschwindend geringen Anteil in dieser Käuferschicht für Lebensratgeber. In der Hauptsache gingen diese Bücher an Frauen vor- oder in den Wechseljahren über den Ladentisch. Das schmerzte Matilda sehr. Diese Frauen taten ihr leid, so wie sie sich selbst Leid tat. Die Realität war nicht von der Hand zu weisen: Jeder hatte sein Päckchen zu tragen. Jeder. Eva bestätigte dieses Phänomen, und erklärte ihr, dass diese Art Bücher, einen erheblichen Teil des Umsatzes ausmachten.

Sie unterhielten sich gerade darüber, als die Ladentür aufging, und eine elegante Dame das Geschäft betrat. Matilda stand hinter Eva, so dass diese Kundin ihr Gesicht nicht sehen konnte. Matilda linste nur ganz kurz an ihrer Freundin vorbei, mehr aus einem Reflex heraus, und sagte aufgeregt: „Oha… Das darf doch nicht wahr sein." Eva konnte mit ihrer Reaktion nicht viel anfangen, und erkundigte sich, was denn los sei. Matilda erklärte ihr, dass sie diese Kundin nicht bedienen könne, und sie müsste jetzt, auf der Stelle, ganz dringend auf die Toilette. Eva verstand sofort: Sie wollte dieser Frau auf keinen Fall begegnen. Einer langjährigen Stammkundin auch noch. Eva kannte diese Frau nicht nur vom Sehen- und von den Einkäufen her, die sie recht häufig, und schon seit vielen Jahren hier erledigte. Bereitwillig erzählte sie, vor Jahren, Eva ihre Lebensumstände. So, als sei es das Normalste was es gab auf der Welt. Abgeklärt und emotionslos. So, als berichte sie von einer fremden Person. Natürlich wollte Eva ihre Freundin, die so blitzschnell um die Ecke verschwunden war, nicht in Verlegenheit bringen, und bediente die Stammkundin selbst. „Guten Tag Frau Wagner", rief sie freundlich wie immer. Das kleine Hündchen begrüßte Eva erwartungsvoll, und sprang an ihren Beinen hoch. Schließlich gab es hier immer eine Kleinigkeit zu naschen. Nicht, dass man diese, so nette Geste, am Ende noch vergaß. Eva holte einen kleinen Hundekuchen, aus der eigens dafür vorgesehenen Schublade, und hielt es dem kleinen Kläffer vor die gierige Schnauzte. Dass ein so winziger Hund, ständig etwas fressen konnte, würde sie wohl nie verstehen. Frau Wagner bedankte sich höflich, und steuerte zusammen mit Eva auf die Regale zu, in der erotische Literatur auf willige Käufer wartete. Vor kurzem war ein Buch erschienen nachdem sich alle die Hacken abliefen. Dieses Buch ging über den Ladentisch wie warme Semmeln. Bald käme es sogar als Film in die Kinos der Stadt, hieß es in der Werbung. Eva verstand die Welt nicht mehr. Frau Wagner, hatte sich eines davon schon vor drei Wochen reservieren lassen, und hielt sich nicht sehr lange auf. Sie schien in Eile zu sein. Eva behielt ihre Meinung zu diesem Buch für sich. Es gehörte zu ihrer Pflicht, derartige „Bestseller" inhaltlich zu kennen, und sie befand dieses Buch, ganz ehrlich, als ausgemachten Schund. Egal. Die Hauptsache war, dass der Umsatz stimmte. Davon hing die Existenz eines Buchladens schließlich ab. Seit Gründung dieses Versandriesens war das Leben der Buchhändler kein Zuckerschlecken mehr. Man musste dauernd die Kundschaft hofieren und an sich binden, sonst hatte man verloren. Matilda schielte um die Ecke, und fragte flüsternd: „Ist sie weg?" Eva nickte er staunt. Sie war gespannt was jetzt kommen würde, was es mit Matildas merkwürdigem Verhalten auf sich hatte. „Na...? Hast du gerade den heiligen Geist gesehen? Was war denn los? Raus mit der Sprache." Aufgeregt befeuchtete Matilda ihre Lippen, und wusste nicht so richtig wie sie anfangen sollte. „Kennst du diese Frau", wollte sie wissen. „Weißt du wer sie ist?" Natürlich kannte Eva diese Frau. Sie ist schließlich seit vielen Jahren eine gute Kundin. Wieso aber ihre Freundin – ihre *biedere* Freundin - so eine Dame kannte, das war jetzt doch eine große Überraschung für Eva. „Ich schon, Matilda. Es liegt in der Natur der Sache, dass man die Menschen kennt, die schon lange hier einkaufen. Man kommt ins Gespräch und erfährt so einiges aus ihrem Privatleben. Im Laufe der Zeit baut sich ein angenehmes Vertrauen auf. Das bleibt nicht aus. Aber ich frage mich wirklich ernsthaft, woher du *so* eine Frau kennst? Mir will nicht so recht einleuchten, wie *du* mit so einer Frau, je einen Kontakt, einen Berührungspunkt hattest. Kläre mich bitte auf." –„Was meinst du damit, wenn du sagst: mit *so* einer Frau? Ist sie denn etwas Besonderes, oder wie soll ich das verstehen?" Eva lachte lauthals heraus, und schlug sich entschuldigend die Hand vor den Mund. Gott sei Dank waren sie alleine. Niemand hatte dieses laute Lachen gehört. Sie verschluckte sich, hustete kurz, und musste sich erst wieder einkriegen bevor sie vernünftig antworten konnte. „Ja, meine Liebe. Wenn der Beruf einer Domina etwas Besonderes darstellt, dann *ist* diese Frau etwas Besonderes." Jetzt war es Matilda die sich entsetzt die Hände vor den Mund schlug. „Eine was? Eine Domina... Du, du ma... machst Witze, oder?" –„Keineswegs. Das wissen wir alle. Ein ehrenvoller Beruf, wenn du mich fragst. Schließlich darf man sie niemals anfassen, küssen, oder umarmen, ja?" Matilda musste sich setzen. Aus ihrem Gesicht war sämtliche Farbe gewichen. Sie machte drei kleine Schritte rückwärts, hielt sich an der Regalwand fest, und setzte sich auf den davorstehenden Hocker, der als Aufstiegshilfe davor stand. Sie musste erst einmal sacken lassen was sie soeben gehört hatte. „Alles in Ordnung mit dir", fragte Eva besorgt. So lustig schien Matilda die Sache nicht zu finden. Eva konnte nicht im Entferntesten ahnen, dass sich im Kopf ihrer Freundin die Gedanken überschlugen, wollte ihr noch ein wenig Zeit lassen, und nicht in sie eindringen, bevor sie sich davon wieder erholte. „Wohnt sie zufällig draußen im Gewerbegebiet, du weißt schon... dort wo das große Zoofachgeschäft ist. Ich habe vergessen wie die Straße heißt." Bei Erwähnung des Zoofachgeschäftes zuckte Eva zusammen. Dieses Hobby von Matildas Ehemann war ihr weiß Gott nicht unbekannt. Sie wusste, dass er dort regelmäßig einkaufen ging. Nein! Lasse wird doch nicht... Nein! Nicht dieser vertrocknete, introvertierte Bürokrat. Immer so zu wie eine Auster, und intolerant bis auf die Schiesser-Feinripp. So ein Unsinn. Wie kam sie denn jetzt auf diesen absurden Gedanken? Aber diese gezielte Frage von Matilda nährte ihre Zweifel. Wie kam sie denn jetzt ausgerechnet auf dieses Zoofachgeschäft, welches um die Ecke von Frau Wagners Domizil lag? War am Ende doch... Oder gerade deswegen...? Hieß es nicht, dass Männer die es gewohnt sind von oben getreten zu werden, und nach unten traten, dass gerade die, die oftmals an der Spitze von großen Unternehmen standen, die größten Konsumenten derartiger Praktiken seien? Eva war sich sicher, so etwas schon einmal gelesen zu haben, und überlegte, ob Lasse nicht auch einer von dieser Sorte sein konnte. Schließlich hat er vor seinen Vorgesetzten ein Leben lang gekatzbuckelt, und seine Opfer die er zu betreuen hatte, ordentlich getriezt und seiner Willkür ausgesetzt. Das war bekannt, sein Ruf entsprechend desaströs. „Möchtest du darüber reden", fragte sie vorsichtig. Matilda schüttelte mit dem Kopf und sagte: „Ich glaube da gibt es nichts zu reden. Vielleicht sollte ich mich besser dazu entschließen zu handeln. Groß sind meine Trümpfe nicht, Eva. Ich glaube nämlich, dass Lasse ganz genau weiß, dass Rouven *nicht* sein Sohn ist. Nun muss ich mir überlegen was ich will. Was ich- und ob überhaupt, ich etwas unternehmen will. Bleibe ich in diesem Lügenge-bäude feststecken, oder riskiere ich den Sprung ins kalte Wasser. Das ist hier die Frage über die man reden sollte, nicht Lasses Neigungen, die nicht. Das geht uns nichts an, Eva. Auch mich nicht. Er geht ja nicht im eigentlichen Sinne fremd – was mir im Übrigen auch völlig egal wäre, verstehst du?" Eva hätte sich jetzt auch gerne hingesetzt, aber der nächste Hocker stand zu weit weg. „Das sind ja Neuigkeiten, die muss ich auch erst einmal einsortieren. Hier kann dir vermutlich niemand einen Rat geben. Das musst du selbst wissen, Ma-tilda. Ich wüsste nicht, was ich an deiner Stelle täte. Aber ohne eine Aussprache würde ich es wahrscheinlich nicht ertragen können so zu leben. Bei euch liegt – für meinen Geschmack – ein biss-chen viel im Argen. Und natürlich musst du auch dein Lebensalter in diese Waagschale werfen. Wenn ich mich recht erinnere, hast du mir einmal erzählt, dass Lasse dich nie ins Grundbuch hat eintragen lassen. Wenn er tatsächlich weiß dass Rouven *nicht* sein leiblicher Sohn ist, könnte das für dich gefährlich werden." Daran dachte Matilda auch schon. Ohne, dass sie von der Existenz dieser Frau wusste. Bereits einen Tag nach Weihnachten, waren solche Gedanken dafür verantwortlich, dass sie neuerdings sehr schlecht schlief. Daran hatten die getrennten Schlafzimmer auch nicht viel geändert. „Weißt du was, Eva?" Die Freundin sah sie erwartungsvoll an. „Ich glaube, dass mir diese Begegnung mit dieser Frau-, und dem Wissen welches ich durch dich bekommen habe, unter Umständen den Hals rettet. Wenn Lasse mich aufs Korn nehmen will, und die Absicht hat mir das Leben schwer- oder nicht mehr lebenswert zu machen, dann habe ich jetzt das allerbeste Pfand in meinen Händen ihn daran zu hindern. Wenn so ein Skandal an die Öffentlichkeit käme, das wäre schon schlimm genug. Aber wenn Rouven es erfahren würde…, dass würde er nicht überleben. Er, der den armen Jungen schon sein ganzes Leben lang so verachtet, beleidigt und abgelehnt hat. Er müsste dann hübsch die Füße still halten, wenn er sich nicht der Lächerlichkeit, der Unglaubwürdigkeit aussetzen wollte, verstehst du was ich meine? Ich fühle mich irgendwie etwas sicherer." Eva verstand sehr wohl was ihre Freundin damit ausdrücken wollte. Sie hatte recht mit dem was sie sagte. Trotzdem. Konnte man so leben?

Eva wäre nicht verwundert gewesen wenn Matilda sich am nächsten Tag krank gemeldet hätte. Wäre ihr derartiges passiert, sie würde vermutlich schlapp machen. Matilda hingegen blühte regelrecht auf. Man konnte zusehen, wie sie von Tag zu

Tag, regelrecht an Selbstbewusstsein zulegte. Heute sorgte sie mit ihrem Auftritt, bei ihren Kolleginnen, für einen fulminanten Schock. Im ersten Augenblick erkannten sie Matilda überhaupt nicht. Im Laufe der Zeit gewöhnt man sich so sehr an das Äußere eines Menschen, dass die Fokussierung auf dieses Bild fixiert, dass ist, das man kennt und abspeichert. Matilda, die lebenslang, immer, solange Eva sie kannte, einen lockeren Knoten im Nacken getragen hatte, der ihre aschblonden Haare - zwischenzeitlich mit reichlich Silber durchwirkt - zusammenhielt, musste, so wie sie jetzt aussah, gestern Nachmittag bei einem Friseur unter die Räder gekommen sein. Eva glaubte ihren Augen nicht zu trauen als sie sie erkannte. Zuerst fasste sie sich schockiert ans Herz, und dann grinste sie so breit, dass ihre Ohrläppchen Besuch bekamen. „Heilige Scheiße", stöhnte sie kurzatmig. „Und jetzt noch zehn Kilo weniger auf den Hüften, und ich mache dir glatt einen Heiratsantrag, obwohl ich nicht auf Frauen stehe." Matilda drehte sich zwei Mal um die eigene Achse, und ließ sich von Frau von Wesel auch noch bewundern. Ihre ältere Kollegin – die studierte Historikerin – grinste zustimmend, und hob begeistert die Augenbrauen. „Tja… Ich sag`s ja", zwitscherte Matilda vergnügt. „Im neuen Jahr wird alles anders. Mit den Haaren habe ich schon einmal Anfang gemacht. Jetzt, kaufe ich mir noch solche Skistecken, und dann geht's es ab durch die Mitte. Ran an den alten Speck. Wäre doch gelacht, wenn ich das nicht schaffe. Und: Ab sofort keine Pralinen mehr. Ein Opfer muss sein. Man bekommt im Leben nichts geschenkt." Sie hatte sich einen sehr eleganten, schulterlangen Bopp schneiden lassen. Matilda war kaum wiederzuerkennen. Die Nuancen ihrer Haarfarbe waren sichtlich erhellt. Matilda trug die gleiche Frisur wie Gerlinde Wagner. Ihrem Mann Lasse, war sie wohl eher als Dolores bekannt. Sie sah so stark verändert aus, dass sie dauernd – begeistert von diesem Ergebnis - in den Pausenraum lief, um dort einen Blick in den Spiegel zu werfen, und den neuen dezenten Lippenstift nachzuziehen, an den sie sich erst würde gewöhnen müssen. „Jetzt will ich aber wissen was Lasse dazu gesagt hat", drängte Eva neugierig, als sie endlich ein paar Minuten alleine waren. „Das muss doch ein großer Schock für ihn gewesen sein." –„Das kannst du laut sagen", kicherte Matilda. „Unter dem Vorwand dass ich einkaufen gehen müsse, habe ich mich gestern Nachmittag davongemacht. Neuerdings verzichtet er darauf mich zu begleiten, hängt nur noch in seinem Fischkeller herum, oder erledigt lustlos und maulend die restlichen Malerarbeiten von unserem neuen, schneeweißen Erdgeschoss. Viel Kraft hat er nicht mehr. Er arbeitet in Etappen. Ich kann ihm dabei zusehen wie er jeden Tag ein Stückchen altert. Er lässt sich gehen, und ich hindere ihn nicht daran. Ich war gerade in der Küche und habe meinen Einkauf auf den Tisch ausgeräumt, da kam er auch schon wie ein alter Greis um die Ecke geschlappt. Wie unter einem gewaltigen Stromschlag ist er zusammengezuckt, und hat gerufen: „Hilfe. Halt! Wer sind sie, und was machen sie in meinem Haus? Ich rufe die Pol..." Feierabend. Das Wort blieb ihm im Halse stecken. Er hat mich angestarrt wie einen Alien. Ob ich jetzt vollkommen übergeschnappt sei, wollte er wissen. Ich habe sehr wohl beobachtet, dass ihn diese spezielle Frisur, völlig aus der Fassung brachte. Die Erinnerung oder... Auf jeden Fall, fragt er mich doch tatsächlich, ob ich von dem Geld dass ich bei euch verdiene, auch mal etwas mit nach Hause bringen würde. Oder ob ich jetzt alles der Schönheit zuliebe auf den Kopf hauen würde. Das muss man sich einmal vorstellen. Ist das nicht eine Unverschämtheit? Nur weil ich einmal im Leben beim Friseur gewesen bin?" Eva schüttelte zuerst den Kopf, dann nickte sie, und schüttelte ihn wieder. Sie konnte sich nicht so richtig entscheiden, so überwältigt war sie von Matildas neuem Aussehen und dem was sie erzählte. „Ja. Pass auf" fuhr Matilda fort. „Auf diese unverschämte Frage hin, habe ich zu ihm gesagt, dass ich selbstverständlich bereit sei alles abzuliefern. Dann müsste er mir aber, zukünftig, von seinem Fischgeld das er aus der Nachzucht einkassiert und für sich behält, gefälligst den Friseur bezahlen, sonst müsste ich am Ende noch anschaffen gehen. Tja... Das war ein Schuss vor den Buck der saß. Er hat sich dann wieder in seinen Keller verzogen und kam nicht einmal zum Abendessen nach oben. Er hat mir richtig ein bisschen leidgetan, der arme Kerl. Später, als ich schon im Bett gelegen habe, hörte ich ihn, wie er heimlich den Kühlschrank plünderte. Wie kann man nur so kindisch sein, frage ich mich. So albern, so unerwachsen. Ich bin wirklich gespannt wie lange er das noch aushält." Eva, die die ganze Zeit andächtig zugehört hatte, sagte lapidar: „Das frage ich mich allerdings auch. Ich frage mich aber auch, verstehe mich bitte nicht falsch, wie lange du selbst das noch aushältst? Man kann doch derart tiefgreifende Wahrheiten nicht ewig verdrängen. Irgendwann muss man doch darüber reden, Matilda. Diese Haltung die ihr beide an den Tag legt, ist doch für jeden von euch ungesund. Das Herz, die Seele, das Gemüt, gehen doch dabei vor die Hunde. Für mich wäre es die bedrückendste Art der Unfreiheit. Darüber solltest du einmal schlafen und dir ein paar Gedanken machen. Von mir aus nimm dir einen von unseren unzähligen Ratgebern mit nach Hause. Ich schenke ihn dir. Der Gesund heit willen müsst ihr etwas tun, Matilda. Eurem eigenen Wohlbefinden gegenüber seid ihr euch das schuldig. Findest du nicht auch? Diese vernichtende Atmosphäre wabert doch schon jahrelang durch euer Leben. Seine und deine Lebensqualität bleiben darauf auf der Strecke. Natürlich kann man viele Dinge verdrängen. Aber irgendwann einmal schnüren sie einem die Luft ab. Und das scheint ja jetzt der Fall zu sein. Na, ja. Und diese Sache mit Frau Wagner... da hast du schon Recht Matilda. Vermutlich würde ich es auch dabei belassen. Diese Peinlichkeiten kann man sich ersparen. Wer weiß, wofür diese Krise gut ist. Jedes Schlechte hat was Gutes. So ist es am Ende immer wenn man zurückblickt. Vielleicht ergibt sich daraus eine neue Chance. Wer weiß. Schließlich habt ihr euch doch einmal geliebt, nicht wahr?" Matilda sah ihre Freundin nachdenklich an, und fragte: „Haben wir das?"

Wir sollten mal reden.

Lasse stand in der Küchentür, und vergrub seine Hände bis zu den Ellbogen im Bademantel. Er fror wie ein alter Hund. Unter diesem guten Stück blitzten eine warme Strickjacke-, und darunter ein weiterer Pullover hervor. Die wenigen Haare standen struppig von seinem Kopf ab, er war unrasiert wie so oft in letzter Zeit. „Hast du eigentlich in letzter Zeit einmal in den Spiegel gesehen, Lasse? Ist dir überhaupt noch nie in den Sinn gekommen, dass du genau das machst, was du an anderen Menschen immer so sehr kritisiert hast? Warum siehst du so ungepflegt aus, wo du doch alle Zeit der Welt hast, daran etwas zu ändern?" Matilda drehte sich zu ihm um, und sah ihn, ohne Vorwurf an. „Spielt das noch eine Rolle, jetzt, wo wir sogar schon getrennt schlafen? Tu doch nicht so als würde es dich noch interessieren. Ich habe keinen Hunger. Mache mir lieber einen heißen Tee, ich glaube ich werde krank. Was gibt es denn überhaupt?" –„Hühnerfrikassee mit Reis und Pastinaken-Gemüse. Du wirst es mögen." –„Pasti was...? Was ist das denn für ein Volksstamm? Schon wieder so ein neumodisches gesundes Zeug. Will ich nicht. Ich mache mir nachher selbst ein Brot. Deine Pastikanaken kannst du selber essen." Lasse wollte schon wieder das Weite suchen, aber

Matilda hielt ihn zurück. „Bitte bleibe hier und setze dich an den Tisch." Lasse zögerte. Gehen oder bleiben. Was wollte sie von ihm? Die Neugierde siegte. Lasse setzte sich artig hin und wartete. Matilda wusch sich noch die Hände bevor sie sich hinsetzte. „Wir sollten mal übers Reden reden, Lasse", machte Matilda den Anfang, und rutschte nervös auf ihrem Stuhl hin und her. „Wie jetzt ...? Übers Reden reden? Warum sollten wir übers Reden reden? Wozu soll das gut sein?" Matilda hoffte dass Lasse sich darauf einlassen würde. So konnte es nicht weitergehen. Endlich Butter bei die Fisch. Klar Schiff machen, die Katze aus dem Sack holen. „Ich meine ja nur. Wir reden ja nicht so viel, fast kaum noch miteinander. Jeder macht seins." -„Ja, aber du hast doch damit angefangen, mit dem wenig reden, meine ich. Du, mit deiner fixen Idee in diesem Alter mit arbeiten anzufangen, nicht wahr?" –„Ist ja gut. Mit Vorwürfen kommen wir hier nicht voran. Höre auf damit mir die Schuld zuzuweisen. Zum Tanzen gehören Zwei." Lasses Augen verdunkelten sich Zusehens. „Ach ja? Wer hat denn Neuerdings immer das letzte Wort? Du musst aber auch immer den Schlussstein in die Kuppel setzen. Immer." Matilda funkelte zurück. „Ja, einer muss es doch tun. Bei uns, bin es jetzt eben ich. Du sagst ja nix. Kaufe dir doch noch einen neuen Fisch. Mit dem musst du nicht reden, du alter Stockfisch. So wird das nichts, wenn wir uns jetzt nicht am Riemen reißen." Lasse schlug mit der flachen Hand auf den Tisch. Matilda zuckte erschrocken zusammen. Würde Lasse seine defensive Art jetzt umdrehen? War Gewalt bei ihm möglich? Matilda war davon überzeugt, dass er soweit nicht gehen würde. „Ich bin kein Stockfisch. Was soll das? Höre auf mich zu beleidigen." - „Siehst du ...? Gleich bist du aber auch immer beleidigt. Jedes Mal. Es ist immer das Gleiche mit dir. Deshalb *können* wir auch nicht reden. Sofort eingeschnappt. Sofort fühlst du dich angegriffen." Lasse sah seine Frau an. Stumm, mit offenem Mund, er hob resigniert die Schultern hoch, stand auf, und wendete sich kopfschüttelnd ab. Er ließ sie sitzen. Daraus würde schon mal nichts werden, aus dem Reden, dachte er bei sich. Das müsste sie anders anfangen. Mit einem Thema für das er sich vielleicht interessierte. Nur ...: wofür interessierte sie sich überhaupt? Außer natürlich für die Tatsache, dass er sie, für das Kuckuckskind würde bestrafen müssen. Er wollte schnell die Küche wieder verlassen, warten, bis sie nachher vor dem Fernseher sitzen würde, und sich dann eine Stulle schmieren. Den neumodischen Kram... den könnte sie alleine essen. „Lasse...", rief Matilda hinter ihrem schmollenden Mann her. „Verflucht, was ist denn noch?" –„Wenn du jetzt gehst... Ach was. Diesen Satz...

Diesen abgelutschten Satz wirst du von mir nicht zu hören bekommen. Ich will dich doch überhaupt nicht verlassen. Ich will nur, dass wir übers Reden reden. Mehr nicht." Wäre Lasse ehrlich zu sich selbst, gäbe er zu, dass er darüber erfreut war dass seine Frau ihn an den Tisch zurück bat, fiele es ihm um einiges leichter mit dem was sich hier anbahnte, umzugehen. Seine Sturheit, seine Rechthaberei und seine Meinung von sich selbst, standen ihm wieder einmal in Weg. Ihm wäre ein Zacken aus der Krone gebrochen, hätte er nur einen Schritt auf Matilda zugemacht. Gerade so, als würde er ihr damit den größten Wunsch erfüllen, setzte er sich gnädiger Weise – bemüht einen genervten Eindruck zu machen – zurück an den Tisch, faltete die Hände, hart und unnachgiebig, starrte er sie erwartungsvoll an. Matilda schwieg. In Gedanken formulierte sie einen Anfang, wusste nicht so recht wo der sein sollte, betrachtete interessiert ihre Hände, und zerbrach sich den Kopf über die Worte die sie wählen wollte. Lasse wurde es zu dumm. So würde das nichts werden. Er würde den Anfang machen. Alles hing wieder einmal an ihm. So wie immer. Nicht Matilda. Nein. Außer Haushalt kriegt sie nichts auf die Reihe. Bevor er es sich noch einmal anders überlegen würde, rammte er ihr seine erste Frage ins Gesicht.

„Hast du einen Verehrer? Vielleicht sogar eine

Affäre?"

„Traust du mir das zu?"

„Wieso nicht? Bist du nicht im Lügen geübt?"

„Ich vermute, dein Herz ist leichte Beute, nicht wahr?"

„Ich? Ich bin im Lügen geübt meinst du?"

„Ja. Du."

„Und du? Wie sieht es bei dir aus? Bist du kein Lügner?"

„Also bitte. Warum sollte ich das tun? Ich bin ein Beamter. Gewesen."

„Nur so. Könnte doch sein. Was hast du eigentlich mit diesem ganzen Geld getrieben, dass du für den Verkauf deiner Nachzucht bekommen hast."

„Interessant."

„Was?"

„Was dir so alles durch den Kopf geht. Ich habe es natürlich für neue Fische und Zubehör verbraucht. Was sonst? Bin ich dir jetzt Rechenschaft schuldig?"

Tja... Was sonst. Keine Ahnung. Da gäbe es Verschiedenes. Mit Geld kann man vieles tun. Oder tun *lassen*."

„Was denn zum Beispiel? Und was meinst du mit: *Tun lassen?*"

„Ist ja auch egal. Mach damit was du willst. Es geht mich wirklich nichts an. Du bist mir natürlich keine Rechenschaft schuldig. Habe ich nie verlangt. Ich verdiene mir ja jetzt auch etwas dazu, und werde es auch für mich behalten."

„Wozu? Wozu brauchst du plötzlich mehr Geld?"

„Friseur und so. Vielleicht ein paar neue Kleider. Irgendwas halt."

„Ich verstehe nicht, warum du unbedingt in dieser Bücherei arbeiten willst. Dir fehlt es doch an nichts."

„Vielleicht bin ich auch auf der Suche nach mir selbst. Das ist anstrengender als ich dachte. Aber in erster Linie des Geldes wegen."

„Soll das eine Anspielung auf meine Pensionierung sein? Das ich jetzt weniger verdiene?"

„Ganz und gar nicht."

„Na dann. Viel Spaß beim Ausgeben. Aber lege dir etwas beiseite, man kann nie wissen was noch kommt."

„Danke für den Tipp, Lasse. Ich werde es beherzigen."

„Gut. Das ist gut."

„Noch was?"

„Nein Matilda. Es ist nichts mehr. Nichts."

Lasse nestelte am Gürtel seines Bademantels herum, Matilda starrte traurig in ihr Weinglas. Die Stille am Tisch schrie ohrenbetäubend laut, und warf mit zähen Peinlichkeiten um sich. So saßen sie eine Weile beisammen, bis Lasse sich ein Herz fasste und der peinlichen Situation ein Ende bereiten wollte.

„Ich gehe dann mal."

„Wohin?"

„Zu den Fischen natürlich. Wo sollte ich sonst hingehen?"

„Nur so? War nur eine rhetorische Frage."

„Ja dann. Ich gehe dann mal."

Lasse war unsicher, ob diese Entscheidung die richtige sei, machte aber trotzdem Anstalten aufzustehen um die Küche zu verlassen.

„Ach Lasse...?"

„Was denn noch?"

„Ach nichts."

„Warum sprichst du mich dann an wenn nichts ist? Ach was soll`s. Bis später."

„Lasse... oder doch. Da wäre noch etwas."

„Mhm...?"

„Wir brauchen eine zweite Chance."

„Brauchen wir das? „

„Ja."

„Willst du sie denn... diese zweite Chance?"

„Einen Versuch wäre es doch wert, oder nicht?"

„Mhm... Ich weiß es nicht. Woher soll ich das wissen? Ich glaube du bist mir eine Erklärung schuldig. Was meinst du? *Das* wäre doch ein Anfang. Ein richtiger."

„Du meinst Rouven, nicht wahr?"

„Zum Beispiel."

„Sonst wüsste ich nichts was ich erklären sollte. Aber wozu noch etwas erklären was du längst weißt. Oder?"

„Woher willst du wissen dass ich es weiß."

„Von dem Tag an als unser Sohn - und irgendwie ist er das ja auch - Haare bekommen hatte. Von da an wusstest du es, und du hast nie etwas darüber gesagt. Also nahm ich an, dass du damals wirklich damit kein Problem damit hattest, als du mich fragtest ob wir nicht heiraten sollten."

„Was war denn damals? Was hattest du mir erzählt? Ich erinnere mich nicht."

„Wie bequem."

„Was."

„Einfach alles zu vergessen."

„Ich kann mich wirklich nicht erinnern."

„Du hast mich bedrängt Lasse. Bedrängt mit dieser fixen Idee zu heiraten, und ich habe dir damals gestanden dass ich schwanger bin. Du hast dich wie ein verrückter gefreut. So, als sei das Kind von dir. Hast mich überhaupt nicht ausreden lassen. Du hattest mir euphorisch erklärt, dass du es großartig finden würdest Vater zu werden. Eine eigene Familie zu haben. Du hast mich wirklich nicht richtig ausreden lassen, mich richtig überfahren, mir nicht zugehört. Ich war immerhin deine erste- und deine *einzige* Freundin. Die anderen Mädchen wollten nichts von dir wissen. Das kannst du unmöglich vergessen haben, Lasse."

„Und was war dann?"

„Ich fand dich irgendwie tolerant und lieb. So unbeholfen, so schüchtern. So, verhält sich nicht jeder Mann einer Frau gegenüber, die ein Kind in sich trägt das von einem anderen ist. Das war dir anscheinend egal. Und ich habe *ja* gesagt, weil Robert schon damals-, als er noch keine eigene Fahrschule hatte, ein schrecklicher Windhund gewesen ist. Unzuverlässig. Ein unverbesserlicher Schürzenjäger. Alles was ihm in den Sicherheitsgurt geflogen kam hat er flachgelegt. Deswegen verlor er ja seine Stelle, und hat sich später selbstständig gemacht."

„Aha."

„Ja. Aha. Nicht aha. So war das. Ich war im dritten Monat. Wir haben geheiratet als ich im vierten Monat schwanger war. Rouven kam zwei Monate vor seiner Zeit, das wusste jeder. Und niemand hat etwas bemerkt oder nachgerechnet. Wir haben es *beide* totgeschwiegen. Du und ich, wir haben es totgeschwiegen, Lasse. Du scheinst es wohl völlig vergessen, verdrängt zu haben. Ich dachte schon immer, dass du es einfach vergessen und verdrängt hast. Also habe ich es auch nie wieder erwähnt."

„Und diese Geschichte soll ich dir jetzt einfach so glauben?"

„Ja."

„Kann ich aber nicht. Will ich nicht. Du hast mich reingelegt. So war das. Jetzt gibst du es ja selbst zu, dass du mich aus Berechnung geheiratet hast. Oder war es Mitleid? Das wird ja immer schöner."

„Na gut."

„Na gut was?"

„Ich kann es nicht ändern. Es ist wohl besser wenn wir uns auf unsere alten Tage scheiden lassen, damit du deinen inneren Frieden wieder findest. Ich bin kein Bittsteller, und ich will nicht auf deine Gnade angewiesen sein."

„Das ist mir zu teuer. Blödsinn. Wie sieht das denn aus. Was sollen denn die Leute von uns denken?"

„Mir egal."

„Mir aber nicht."

„Von dir denkt man doch sowieso nicht besonders gut. Darauf kommt es auch nicht mehr an."

„Mir schon. Und niemand denkt schlecht von mir. Ich bin ein geachteter Mann, - immer gewesen. Die Menschen haben Respekt vor mir gehabt. So viel steht fest. Respekt vor Einem, der ein Leben lang dem Staat gedient hat."

„Von mir aus. Dann bist du eben ein geachteter Mann. Vielleicht hatten die Menschen die du meinst, aber auch nur Angst vor deiner Willkür. Und die Sache mit dem Respekt - das könnte sich schnell ändern."

„Wie meinst du das?"

„Ach nichts. Ist ja auch Schnuppe."

„War aber eine hübsche Geschichte die du mir hier weiszumachen versuchst. Ich wusste nicht wie kreativ du sein kannst."

„Ach leck mich doch..."

„Na, na, na. Nun werde mal nicht frech."

„Ich gehe jetzt."

„Wohin?"

„Nach unten. Den Sinn meines Lebens suchen."

„Viel Erfolg."

Widererwartend gut, schnell und tief, war Matilda in dieser Nacht eingeschlafen. Jetzt, wo die Katze aus dem Sack war, fühlte sie sich etwas erleichtert. Sie machte sich nichts vor. Lasse würde ihr die Geschichte nicht abkaufen. Doch manchmal gab es Lügen die gnädige Lügen waren, und die dazu dienten die Dinge-, die Umstände zusammenzuhalten. Wenn ihr Mann ihr, von seinen Neigungen erzählt- ihr ein Geständnis abgelegt hätte, würde diese Ehe dadurch auch nicht mehr besser.

Bestenfalls schmerzhafter- und mit dem Verlust des Vertrauens noch unerträglicher werden. Damit war keinem von beiden geholfen. Dieses Wissen würde sie für sich behalten. Wenn sie es aussprechen würde, könnte Lasse nie wieder jemandem in die Augen blicken. Sein Leben wäre vorbei, und ihres womöglich auch. Im Grunde war dieses Schweigen nichts anderes als auch eine gnädige Lüge. Matilda glaubte zu wissen, dass Lasse niemals in eine Scheidung einwilligen würde, und beruhigte sich selbst. Sicherlich würden sich diese Missklänge von ganz alleine wieder legen – sich in Luft auflösen, der Gnade des Vergessens anheimfallen. Am nächsten Morgen stand sie sehr früh auf, damit sie verschwunden wäre wenn Lasse frühstücken wollte. Sie hatte die Absicht ihm noch ein wenig Zeit zu lassen. Gut gelaunt trat sie ihren halben Arbeitstag an. Eva beäugte sie heimlich. Sie nahm an, dass Matilda noch nicht den Mut gefunden hatte, sich mit ihrem Mann auszusprechen. Jedenfalls merkte man ihr nichts an. Sie schien guter Dinge zu sein. Umso besser. Heute war ein schöner Tag. Kalt und sonnig. Wozu sollte man sich dieses Geschenk unnötig verderben. So gegen elf Uhr öffnete sich die Ladentür, und eine sehr schicke Frau betrat den Raum. Matilda stand dummerweise so, dass sie sich genau ansehen mussten. Jetzt wieder umzudrehen, und hinauszugehen um zu verschwinden, hätte dumm ausgesehen. Trotz großer Sonnenbrille erkannte Matilda Doris sofort. Peinlich berührt von dieser unerwarteten Begegnung, stammelte Doris eine verlegene Begrüßung. Sie hatte diese Frau, die dort am Schaufenster herumdekorierte, einfach nicht erkannt. Viel zu spät ist ihr aufgefallen, dass sich hinter dieser adretten Person, Matilda Mocho verbarg. Die sitzengelassene, ausgeladene, unbrauchbar gewordene bessere Hälfte des ehemaligen Freundes von ihrem zukünftigen Exmann. Matilda ihrerseits fühlte so etwas wie eine kleine Genugtuung. Sie war sehr gespannt, wie sich die einstmals so gute Freundin, die sich so gerne von ihr hatte bedienen- und füttern lassen, sich jetzt verhalten würde. Etwas stimmte nicht mit ihr. Das sah Matilda sofort. Daran konnte auch diese übergroße Sonnenbrille nicht viel ändern. „Schön dich zu sehen", heuchelte sie. „Wie geht es Tobias? Antwort bekam sie keine. Auf die dumme Frage, was sie denn hier so trieb, wollte Matilda nicht warten. Sie überschüttete Doris mit Schwärmereien, dass sie ihr geliebtes Hobby zu Beruf gemacht habe, und sie Lasse keine vierundzwanzig Stunden um sicher herum ertragen könne. Wie gut ihr das hier alles tat. Der reinste Jungbrunnen wie man sähe. Dabei fasste sie sich graziös an ihren neuen erblondeten Haarschnitt, und blinzelte Doris verzückt an. Überhaupt... durch diese wundervolle Arbeit hier-, dieses Gottesgeschenk, würden sie so viele interessante Leute kennenlernen, sogar berühmte Autoren die bei ihnen zu Hause ein- und ausgingen, dass sie zu nichts mehr käme. Dauernd diese Empfänge, das gute Essen, die vielen neuen Kleider und so. Doris kam kaum zu Wort. Ihr war diese Begegnung mehr als peinlich. Matilda ging sogar soweit, dass sie der ehemaligen Freundin unverhohlen seitlich unter die Sonnenbrille schielte, und meinte: „Oha... das sieht aber gar nicht gut aus. Tennisunfall? Oder wa..." Doris war mit ihren Nerven so am Ende, und eigentlich wollte sie sich doch nur nach einem geeigneten Lebensratgeber umsehen, dass sie ohne große Umschweife Matilda erzählte, dass Tobias und sie sich trennen würden. Das grenzte an ein kleines Wunder der Evolution. Ihre Ehe sei am Arsch, behauptete sie. Bevor sie - Matilda - es von jemand anderem erfahren würde, könne sie es ihr auch gleich hier erzählen. Zu beschönigen gäbe es da nichts. Tobias habe ein Verhältnis mit der neuen Sprechstundenhilfe, und er sei sogar handgreiflich geworden. Im Suff versteht sich. Als ob das etwas entschuldigen würde. „Tja... So spielt das Leben", philosophierte Matilda voller gespieltem Mitleid. „Mal ist man oben... mal unten." So etwas wollte sich Doris nun nicht länger antun. Auf Matildas Frage, was sie denn für sie tun könne, bekam sie zur Antwort, dass sie eigentlich nur einmal kurz Hallo sagen wollte, als sie die ehemalige Freundin so im Schaufenster herumhantieren gesehen hätte. Sie hauchte zwei Küsschen in die Luft, und verschwand ebenso schnell wie sie aufgetaucht war. Matilda blieb stehen und blickte ihr nach. An ihr könnte sie sich eine Scheibe abschneiden. Doris log so gekonnt, dass sie es schon selbst nicht mehr bemerkte. Eva, die hinter Matilda getreten war, und in die gleiche Richtung wie ihre Freundin sah, meinte: „Na der hast du es aber gegeben. War das nicht ein wenig zu dick aufgetragen? Wer war sie überhaupt? Komm… wir gehen nach hinten einen Kaffee trinken. Ich will alles wissen. Du kennst mich ja, nicht wahr?. Tratsch und gutes Essen, ist der Sex eines einsamen Singles." Matilda hängte bei Eva ein, und fühlte sich zu Hause. Menschliche Wärme tat ihr gut. Diesen Entschluss würde sie niemals bereuen. Hier war alles richtig im Richtigen. „Einverstanden. Kaffee klingt gut. Aber ich habe noch viel mehr zu erzählen."

Tag ohne Morgen.

Die glückliche, berufstätige Hausfrau wusste, dass ihr Mann nicht eher aus seinem Fischkeller auftauchen würde, bis sie ihn zum Essen rufen würde. Heute war das nicht so. Diese unfassbare Neuigkeit wollte sie ihm unbedingt sofort erzählen. Noch bevor sie mit kochen anfangen würde. Sie war sich sicher, es würde ihren depressiven Mann gehörig aufmuntern. Matilda riss sich die Klamotten vom Leib, öffnete eilig die Kellertür, und rief hinunter: „Lasse…? Lasse!" Es dauerte einen Moment, bis sie das brummige, vertraute *mhm…* endlich hörte. „Du solltest mal schnell raufkommen. Ich habe etwas zu erzählen dass dich aus den Schuhen hauen wird. Dolores war heute bei mir im Laden, und hat mir von der Trennung erzählt. Das wird dich interessieren. Sehr sogar." Ohne weiter darüber nachzudenken lief sie in die Küche um das Essen vorzubereiten. Bis er sich nach oben gequält hätte, würde sie sich noch ein bisschen gedulden müssen. Sie verlor sich in ihrer Beschäftigung. Mitten in einer Bewegung hielt sie inne. So lange konnte ihr Mann nicht brauchen. Sicherlich, hatte er sie nicht gehört, oder nicht richtig verstanden. Noch einmal rief sie hinunter, und diesmal… bekam sie überhaupt keine Antwort mehr. Beunruhigt stieg sie die Treppe hinab, und öffnete vorsichtig die Tür zum Raum mit den Zuchtbecken. Lasse lag ausgestreckt auf dem Fußboden, beide Hände am Herzen, den Mund weit aufgerissen, so, als würde er nicht richtig atmen können, biss er schnappend nach Luft. Seine Augen starrten Matilda an, als wolle er sagen: „Was hast du mir hier angetan." Matilda machte auf dem Absatz kehrt und rief sofort den Krankenwagen an. Jede Sekunde konnte lebenswichtig sein. Trösten könnte sie ihn später noch. Jetzt brauchte er erst einmal dringend Hilfe. Was war geschehen? Ein Schwächeanfall? Ein Herzinfarkt? Und warum krächzte er beim Abtransport, den Matilda pflichtbewusst begleitete, dauernd dass es ihm Leid täte. Was tat ihm denn leid? Matilda verstand nicht was er ihr damit sagen wollte. In der Klinik angekommen, musste sie draußen auf den Flur Platz nehmen und warten. Unendlich die Zeit. Wie eine lange Schnur ohne Ende. Es wurde schon dämmrig draußen, als der Arzt auf Matilda zukam, und vor ihr stehen blieb. Er sagte nichts. Der Mann mit in dieser grünen Kleidung schüttelte nur unmerklich mit dem Kopf. Matilda hatte verstanden.

Epilog

Wärmend, tröstend, lebensspendend schien die Frühlingssonne auf Matildas gebeugten Rücken. Sie kniete vor dem frischen Grab, und pflanzte die letzten fleißigen Lieschen an den Rand. Warum Ihr Mann auf eine Erdbestattung wert gelegt hatte, würde sie nie verstehen, wo er doch Zeit seines Lebens, ein so vehementer Gegner der Glaubensbekennung gewesen war. Auf ein „höheres Wesen" welches unsere Geschicke lenkt, wollte er sich niemals einlassen. Nur seiner Arbeit- nicht der Kinder wegen, wie er immer behauptete, zahlte er brav die Kirchensteuern. Unerklärlich, warum er in seiner Patientenverfügung diese Art der Bestattung festgelegt hatte. Matilda vermutete, dass er heimlich doch an einen Schöpfer glaubte. Zumindest verbarg er eine latente Angst vor dieser Möglichkeit, dass es am Ende doch einen geben könnte. Oder warum wollte er ins Paradies? Hoffte er auf ein Leben nach dem Tod? Ja. Das war wohl der ganze Hintergrund an der Sache. Lasse wollte ewig Leben. Und wenn diese Chance tatsächlich bestand, wollte er sie sich nicht durch die Lappen gehen lassen. Das war jetzt auch egal. Matilda würde die Grabpflege gerne auf sich nehmen. Früher oder später würde sie an seine Seite zurückkehren. Vielleicht konnte man dann dieses Vertrauen finden, dass ihnen in ihrer Ehe abhandengekommen war. Man würde sehen. Wer sollte es wissen. Bis jetzt war kein Zeuge aufgetaucht, der es hätte bestätigen können... dieses Leben danach. In den letzten Tagen quälte Matilda sich mit dem Gedanken herum, ob sie Rouven die Wahrheit erzählen sollte. Ihr geliebter Sohn war extra zur Beerdigung angereist, und hinterließ am Grab *„seines Vaters"* echte Tränen. Das brach ihr fast das Herz. Robert war es nicht wert dass er einen so wundervollen Sohn bekommen sollte. Drei Mal verheiratet, war aus ihm, ein oberflächlicher Lebemann geworden der immer noch den Frauen hinterher jagte. Sein Ruf nährte den Tratsch in der Stadt. Seit damals wechselte Matilda mit ihm kein einziges Wort mehr. Man grüßte sich unverbindlich, und damit war es das auch schon. Matilda entschied, dass dies eine der „gnädigen Lügen" sei, und wollte ihr Geheimnis mit ins Grab neben Lasse nehmen um Rouven zu schonen. Sie saß in einer windgeschützten Ecke des Gartens, und sinnierte darüber, dass sie das Glück der kleinen Dinge übersehen hatten. Die Wertschätzung missachtet, die Dankbarkeit in eine staubige Ecke verbannt, Gespräche zu Belanglosigkeiten verkommen ließen, und die Zärtlichkeit einer Berührung scheuten. Daran waren beide Ehepartner beteiligt. Matilda wollte sich nicht freisprechen. Manchmal rebellierte die Frau in ihr, und rief laut: „Mir ist ein schnell endendes Chaos lieber, als ein Ende in seichter Bedeutungslosigkeit." Aber nur, um anschließend wieder verworfen und vergessen zu werden, und… zu bleiben.

Früher, als Matilda noch eine unbeschwerte, fröhliche junge Frau gewesen war, hatte sie eine enge Freundin die Doris hieß. Sie waren ein Herz und eine Seele. Kannten sich schon aus Schulzeiten und waren unzertrennlich. An diese Zeiten erinnerte sich Matilda gerne zurück. Was sie so alles miteinander angestellt hatten, trieb ihre Mütter nicht selten auf die Palme. Reihenweise verdrehten die beiden Frohnaturen den jungen Männern die Köpfe. Mehr auch nicht. Matilda und Doris kamen beide aus einem christlichen Elternhaus, und wussten wo ihre Grenzen lagen. Weder sie noch ihre Freundin waren je auffällige Schönheiten. Ihre Art und Weise war es gewesen, die die Schar der Verehrer so anwachsen ließ. Gemeinsam schwärmten sie für den einen- oder anderen, oder sie machten sich zusammen über ihre Verehrer lustig. Streit deswegen hatten sie nie. Eine richtige solide Freundschaft. Später, als das Berufsleben sie auseinander riss, verlor man sich irgendwie aus den Augen. Wie das passierte, würde heute keine der beiden Frauen noch sagen können. Immer wenn sie voller Übermut unterwegs waren, nannte Matilda Doris, scherzhafter Weise *Dolores*. Warum sie Doris Rehling – Tobias Frau – an diesem Tag so genannt hatte, dass wusste Matilda selbst nicht. Vermutlich was es ihre gute Laune die sie dazu angetrieben hatte. Wie hätte sie auch ahnen können, dass die Erwähnung dieses Namens ihrem Mann das Leben kosten würde, weil *er* sich entdeckt glaubte. Matilda würde es niemals erfahren. Und das war gut so. Eine schützende Hand würde es verhindern. Und noch viel mehr. Das laute Klingeln des Telefons zerrte Matilda aus ihren Gedanken. Sie stand auf, lief in die Diele und nahm ab. Eine Männerstimme fragte sie, ob es möglich sei ihren Mann zu sprechen. Matilda erzählte dem Anrufer, dass ihr Mann verstorben sei, und erfuhr bei dieser Aussage, dass dieser Mann am anderen Ende der Leitung, ein Notar ist. Darauf konnte sie sich keinen Reim machen. „Da hatten sie aber noch einmal Glück gehabt", sagte dieser Herr etwas zynisch. Um dem Ganzen die Krone aufzusetzen, meinte er noch: „Ich hoffe, sie haben da nicht ein bisschen nachgeholfen. Na, ja. Es geht mich auch nicht an." Matilda legte ohne Abschied den Hörer auf. Sie brauchte sich nicht zu rechtfertigen. Nie mehr. Soeben hatte sie erfahren, dass Lasse ein Testament beauftragt hatte, für dessen Rechtsgültigkeit aber noch seine Unterschrift fehlte. Matilda ging in ihren Garten zurück... und betete.

Lele Frank

Tanz der Optimisten

Roman

R. G. Fischer

Weitere Bücher der Autorin Lele Frank:

„Tanz der Optimisten"
338 Seiten, ISBN-Nr. 978-8301-1623-3   14,80 €
Nach einer wahren Begebenheit. Teilbiographie.

„Wenn Peter zu der Hure geht"
248 Seiten, ISBN-Nr. 978-3-7375-2701-9   8,99 €

„J...(L)etztendlich 60"
276 Seiten, ISBN-Nr. 978-3-7375-3393-5   8,99 €

„Ärsche die nach Süden ziehen"
164 Seiten, ISBN-Nr. 978-3-7375-2700-2   6,49 €

„Das Haar in der Suppe"
280 Seiten, ISBN-Nr. 978-3-7375-2747-7   8,99 €

„Tödliche Blicke"
224 Seiten, ISBN-Nr. 978-3-7375- 3225-9   7,99 €

„Guten Tag, ich bin das Glück.
Darf ich reinkommen?"
157 Seiten, ISBN-Nr. 978-3-7375-3432-1   8,49 €

„Impotenter Mann gesucht."
134 Seiten, ISBN-Nr. 978-3-7375-3779-7   7,49 €

„Auf die Plätze, fertig ..., Vergebung" „Glück" „Liebe" -
Trilogie,   124, 120 und 120 Seiten
ISBN-Nr. 978-3-7375-3-4523-5, - 4524-2, 4525-9   je 5,99 €

„Tagebuch eines Bleistifts"
418 Seiten, ISBN-Nr. 978-7375-3-4619 -5   9,95 €

„Heideres Strandlääba." (Heiteres Strandleben)
108 Seiten, ISBN-Nr. 978-7375-3-6246-1   4,99 €

„App in den Himmel"
260 Seiten, ISBN-Nr.   978 -7375-3-6487-8   8,49 €

„Brüder Blut"
236 Seiten, ISBN-Nr. 978-3-7375-6945-3   7,49 €

Zeitfracht Medien GmbH
Ferdinand-Jühlke-Straße 7
99095 Erfurt, Deutschland
produktsicherheit@kolibri360.de